新妻

藍川 京

幻冬舎アウトロー文庫

新妻＊目次

新妻

序章

太腿《ふともも》を大きく押し上げられた女は、白い足袋《たび》だけを履いていた。それだけに、薄闇のなかで足袋の白さが際だって、全裸のときよりいっそう女を妖《あや》しく見せた。

紺色の着物を着た男は、頭を女の太腿の間に入れ、やわやわとした二枚の花びらを舐めあげた。

「はあっ……」

生あたたかい舌によって恥ずかしい器官をねっとりと舐めあげられると、女は顎を突き出しながら口をあけ、羞恥と喜悦の入り交じった切ない声を洩らした。

そのあえかな声に誘われるように、男はふたたび、会陰から膣口、肉芽へと舌を動かした。

「はああっ……」

女の尻がむずがるようにくねった。

男が秘園を舐めまわすうちに、ピチャピチャッと唾液と蜜液の混じり合った破廉恥な音がするようになった。

「ああっ……お義父様《とうさま》……」

すすり泣くような喘《あえ》ぎが、絶えず女の唇のあわいから押し出されていった。

ぬめった蜜がどんどんとあふれてくる。それを男はジュルッとすすり上げた。

やわらかい秘園の感触を楽しみ、蜜液を味わいながら、男は股間の一物を若者のように反り返らせていた。

秘園から顔を離した男の唇は蜜でべとつき、薄闇のなかでも淫猥《いんわい》に輝いた。

「こんなに濡れるようになって帰ってくるとは……」

男の言葉に女は両手で顔を隠し、ひらいていた膝《ひざ》をギュッと押しつけた。

「閉じていいとは言っていないぞ。ようく見えるように大きくひらくんだ」

燭台を手にした男は、蠟燭《ろうそく》の炎を女の腰に近づけた。シミひとつないなめらかな白い肌が、炎によってくっきりと浮かび上がった。

薄めの恥毛が白い肌にふんわりと載っている。楚々とした翳《かげ》りは、萌え出してまもない春の若草のようだ。

「どうした、ようく見えるようにソコを大きくひらけと言ったのが聞こえなかったのか？」

穏やかではあるが絶対的な男の口調に、女は両手で顔をおおったまま、内腿にキュッと力をこめた。それから、恥ずかしさを必死にこらえるように、そろそろと膝を離していった。三十度ほどでいったん止まり、またそろそろとひらいていく。なかなか大胆にはひらかなかった。

「もっとだ。見られるだけで濡れるようになったな。花びらがぷっくりしてるぞ」

「ああ、いや……もう許して……」

消え入るような声で女は言った。

「自分でできないなら、くくってもいいんだ。その方がいいか。うん？」

慌てて女は破廉恥にグイと脚をひらいた。だが、羞恥のためにじっとしていることができず、白い足袋に包まれた足指を反り返らせたり戻したりしながら、尻をむずがるようにくねらせた。

燭台はいっそう秘園に近づいた。

舐めまわされたことで蜜が秘口から会陰に向かってトロリと流れている。閉じていた花びらは左右に咲きひらき、ややぼってりと充血しはじめている。細長い肉の帽子につつまれていた真珠玉のような肉芽も、パールピンクにきらめきながら小さな頭を出していた。

女の器官は、秋桜《コスモス》か桜の落びらかと見まがうほど初々しくて美しい。

「きれいな陰部《ほと》だ。うんと愛されてきたのがわかる。いい子になったな」

燭台を置いた男は、花びらを指で揉《も》みしだきはじめた。

「はああっ……」

くねくねと白い尻が動いた。

「おお、そんなにいいか。ほら、ここはもっといいはずだ。もうコリコリしてるじゃないか。ほら、いくらでもモミモミしてやるぞ」

人差し指一本の愛撫に、女の総身は火のように熱くなった。妖しい熱い塊が子宮から飛び出そうとしている。火花になって子宮から全身に飛び散っていこうとしている。

「ああ、お義父様……はあああっ……いや」

いやと言いながらも、女はもはや脚を閉じようとはしなかった。内腿と足指にキュッと力を入れて、悦びの近づいてくるのを待ち望む体勢になっている。

花びらはますますぼってりとふくらんできた。肉の芽はコリコリと堅い。

男は女の器官を揉みしだく力を弱め、もう片方の手で形のいい椀形の乳房をつかんだ。汗でねっとりしているが、つきたての餅のようにやわらかく、掌《てのひら》に吸いついてくる。最初はやや沈んでいた乳首も堅くしこり、興奮しているのがわかった。

乳首と陰部《ほと》をいっしょに揉みしだくと、女のすすり泣くような喘ぎがいっそう大きくなった。

「はああっ……ああっ……んんん」

美しい面立《おもだ》ちの顔が歪《ゆが》み、眉間《みけん》の皺が深くなった。やわやわとした唇のあわいから白い歯が覗《のぞ》いた。

「どうした。何を言いたい。ずっとこのままでいいのか？」

指を動かしながら喘ぐ女を見おろす男は、故意に指を止めた。

「ああ……」

昂《たか》まりを中断されたことで、女は落胆の声を洩らした。

意地悪く動かない男に、女は媚《こ》びるような目を向け、思わず尻をクネリと動かした。それでも男の指は動かなかった。

「お義父様……」

今にも泣きそうな顔をして、女は男にすがった。

「どうした？」

かわいい女を見ながら、男はふふと笑った。

「これ……」

女はほっそりした白い手で、着物越しに男の股間の堅いものを握った。その手は恥ずかしさに震えた。

「これをください……これを入れて」

堪《こら》え性のない女になってしまった。いったん愛撫されると躰《からだ》の芯がズクズクと疼《うず》き出し、半端なまま放置されることに耐えられない。恥ずかしいこととわかっていながら、自分の方からこうやって求めてしまう。男がそういう言葉を吐かせるように仕向けるのだとわかっていても、その企《くわだ》てにはまるしかない。

「これが欲しいのか。この太く堅くなった奴がそんなに欲しいか。よし。だが、その前にすることがあるだろう？」

泣きそうな顔をしたまま、女は男の着物の裾を割った。そして、反り返っている肉茎をブリーフからそっと取り出して両手で握ると、ためらいがちに口にふくんだ。それから、根元まで咥えこみ、顔を前後に動かしながら側面を舐めまわしたり吸いあげたりした。肉傘の裏も丁寧に舐めた。鈴口から滲《にじ》み出るカウパー腺液を舐め取り、女はまた深く肉茎を咥えこみ、顔を動かした。皺袋を愛撫することも忘れなかった。

「おお、うまくなったな……そうだ……おお、いいぞ……」

やわやわとした唇と熱い舌のしごきに、男の鼻から熱い息がこぼれた。

数分奉仕させた男は、女を四つん這いにした。そして、女の唾液にまぶされた堅い肉杭をグイッと女壺に突き刺し、深々と女壺の底まで押し込んでいった。

「ああっ……」

膣襞をいっぱいに押し分けて入り込んでくる肉茎に、女は悦びの喘ぎをあげた。男のゆっくりした抜き差しがはじまった。

一章　淡きつぼみ

1

電車に乗ったときから、坂井《さかい》彩子《あやこ》は誰かの視線を感じていた。今日に限ったことではないが、改札を出ても、その視線が背中に張りついているようで落ち着かなかった。

彩子は去年錦ヶ淵女子大を卒業し、国文科の助教授、祭領地貴成《さいりょうじたかなり》の仕事を手伝うために大学に残っている。

錦ヶ淵女子大といえば名門中の名門で、資産家、しかも優秀な子女のみが通う大学として全国的にも有名だ。

名のある家庭の娘なら、錦ヶ淵女学園小等部から中等部、そして、高等部を経て大学へとエスカレーター式に通うのが、いまや常識のようになっている。

錦ヶ淵女子大を卒業した彩子も、むろん、裕福な家庭の子女でひとり娘だっただけに、両親に大切にされ、厳格に育てられた。

だが、ある日、不意に不幸は訪れた。交通事故で両親が即死したという知らせが、祭領地貴成の講義の最中に届いたのだ。

あれから二年。彩子はいまだに、父と母がどこからかひょっこりと現れてくれるような気がしてならない。とうに涙が枯れるほど泣いたはずだが、楽しかった日々を思い出すと、今も目頭が熱くなる。

彩子は小柄で、白く透き通るようなしっとりした肌を持ち、育ちのよさを思わせる上品な面立ちをしていた。まるで整えられたように美しいなだらかな曲線を描く眉。長い睫毛《まつげ》と青いほど澄んでいる瞳。すっと通った鼻梁。小さめの、何かを訴えているような唇。ほっそりした首。背中まである艶々としたストレートの黒髪……。

誰もが振り返るほどの美貌と高貴な雰囲気を持つ女だ。

そんな彩子に恋人と呼ぶ男がなく、二十三歳になった今も処女と言ったところで、誰が信じるだろう。だが、いまだに処女だと言われれば、男が触れてはならない女のように神々《こうごう》しく、永遠に処女のままで生きていく女かもしれないと納得させられてしまいそうだ。

彩子が男を知らないまま今日に至ったのは、堅い家庭で育ったというだけでなく、キリスト教の教育を取り入れている錦ヶ淵女学園の影響も多分にある。

性の氾濫した現代にありながら、彩子だけでなく、学友の多くは、女の陰部がどうなっているのかさえ知らない。鏡を跨《また》いでそこを眺めるような破廉恥なことはしない。そういう考えさえ起こらないのだ。

彩子の友達は、未婚の者は異性を知らず、結婚した者のみが性を知っていた。キスの経験さえない友達がほとんどで、学生時代は、憧れる相手は同性の上級生という者が多かった。だから、彩子もふたつ年上のショートヘアの闊達《かったつ》なテニス部の部長に、淡い憧れを抱《いだ》いていたことがあった。

彩子が異性に恋をしなかったもうひとつの理由は、すらりとした上背の好男子だった実の父親に似た男が将来の夫になるのだと、いつからか思い込んでいたことも原因かもしれない。

それに、これまで、これといった性への渇きを感じたこともなかった。

彩子はまだ自分の指で慰めることすら知らない。

周囲の男達が、彩子の躰からオスを誘うメスの匂いがほのかに立ちのぼっているのを嗅《か》ぎとって心を騒がせているにもかかわらず、彩子は自分がオスを誘うフェロモンを分泌していることに気づいていない。

背中を刺す視線から逃れるように、彩子は黄色い点滅をはじめた横断歩道を、いつもなら立ち止まるところを急いで渡った。

そのあと、うしろを振り返った。道向こうには、青信号を待つためにすでに十人ほどが並んでいる。どの顔も、職場に急ぐ顔にしか見えない。

気のせいだったかしら……。

錦ヶ淵女子大の校門まで続いているプラタナスの並木の近くまで来ると、彩子はようやく歩をゆるめた。

おとなしい白いブラウスに淡いブルーのタイトスカート。その、さほど短くないスカートから、それでも、踝《くるぶし》の引き締まったスラリとした足が伸びている。ブラウスはほどよい乳房のふくらみでツンと盛り上がっている。軽やかな黒髪がそよめくようになびき、そよ風さえも彩子にまとわりついて離れがたいように見えた。

都会とはいえ、プラタナスの並木の下のほんのりと緑の匂いのする空気を吸うと、彩子に懐かしさがつのった。この道は、彩子の母が好きだった並木道だ。

「あの……」

ふいに背後から声をかけられ、彩子はギョッとした。油断して歩きはじめたときだっただけに、あやうく声をあげそうになった。

振り向くと、背広の男が緊張した顔で立っている。

近くには企業のビルが多いが、そのどこかに勤めているエリートサラリーマンといった感じだ。二十代後半に見える。

「あの……」

男はまたそう言って口ごもった。

彩子は小首をかしげ、男の言葉を待った。道を尋ねるふうでもなく、こわばったようにやけに緊張している。

目と目が合うと、男の緊張が彩子にも伝わってきた。息苦しくなり、彩子はきびすを返し、さっきより歩を速めた。

「彩子さん……坂井さん」

初対面の男に名前を呼ばれたことで、彩子はまたハッとして立ち止まった。そして、こわごわ振り返った。

ゴクッと喉を鳴らした男は胸を喘がせながら、ポケットから名刺を取り出した。

「ずっと前から……あなたのことが気になっていました。僕は……こういう者です」

胡散臭《うさんくさ》い男と思われたくないのか、男は一部上場の有名な企業名の入った名刺を彩子に差し出した。経理部、友部《ともべ》庸介《ようすけ》となっている。

「なかなか声をかけられなくて……今夜、お茶でもいっしょにいかがですか。お話しだけでもぜひさせていただきたいのですが」

友部庸介が自分を誘っているのだとわかり、彩子は差し出された名刺を受け取ることもできず、小走りで大学に向かった。

小等部から大学卒業まで十六年も女だけの学校で過ごしたこともあり、彩子は異性と自然体でつき合うことができない。友部のように、彩子と交際を望んだ男は、この一年だけでも何人もいた。そのたびに彩子は戸惑い、不安になり、女の園である勤め先の錦ヶ淵女子大に逃げ込むのだ。

門を入ると、ようやく彩子は普通の速度に歩を戻した。

苦しさに胸が波打った。

(どうして私の名前を知っていたのかしら……私はあんな人なんか知らないのに。あの会社に勤めている知り合いもいないわ。ああ、何だか気味が悪いわ……)

行きずりに声をかけられたのではないとわかるだけに、彩子は仕事中も落ち着かなかった。仕事といっても彩子の場合、国文科助教授の祭領地貴成のほんの簡単な身のまわりの世話をしているようなものだ。

祭領地貴成は三十六歳。錦ヶ淵女子大学長の無二の親友の遠縁に当たる。

家柄、性格、学業成績ともに優秀という、学長のその友人のお墨つきで、十年前に就職した。学内の評判もいい。それだけに、学生達の多くは、いまだ独身の祭領地を不思議に思っていた。

祭領地となら結婚したい。そんな学生も多かったが、祭領地が恋人をつくるようすはなかった。それで、何かわけありの男らしいという噂も広がっている。

祭領地という名前は珍しい。東北の旧家の出らしいが、彼自身、自分のことは学生だけでなく、彩子にも語ろうとしなかった。

ひとり身にしてはいつもこざっぱりしており、ネクタイの趣味がいいとか、仕立てのいい高級な背広だとか、豊かな家庭で育った学生達が誉めちぎるほどだ。

「何かあったのか」

ときどきふっとため息をついてしまう彩子に気づき、講義に行く前の祭領地が尋ねた。

「いえ……別に」

「何か悩んでることでもあるなら、遠慮なく言ってくれよ。まさか……」

「えっ？」

祭領地の穏やかな笑みがひとトき消えた。

「好きな男でもできたんじゃないのかい？　きみのような女性に相手がいないという方が不

自然だし」

すでに祭領地の唇には笑みが戻っていたが、どこか不自然な笑みだった。

「誰も……いません。男の人って苦手なんです。ずっと錦ヶ淵でしたし、どんなお話をしたらいいかもわからなくて。あ……先生は別です。だから、ここでお仕事をしていられるんです。先生には感謝しています」

両親を亡くしてひとり暮らしの彩子だが、贅沢さえしなければ、生涯食べていくのに困らないだけの財産は残されている。

将来に対する生活の不安や淋しさから結婚を考える女もいるが、若い彩子にはパッチワークの趣味をはじめ、書道、華道、茶道などの稽古ごとをしていることもあり、それなりの女友達がいて毎日が充実していた。

一年前、彩子は卒業してOLになるのにためらいを覚えていた。男達の多い会社で働くことを考えただけで落ち着かなくなり、息苦しさを覚えた。かといって、健康な若い女が就職しないのも贅沢すぎる。

悩んでいたとき、祭領地貴成が簡単な手伝いをしてくれないかと言った。慣れ親しんだ女子大が職場になるのならと、彩子は即座にそれを受けた。

男をあまり意識させない祭領地の性格に、彩子は安心していた。ほかの教授なら断ったかもしれないが、祭領地に対しては何の不安も感じなかった。

彩子の性格を理解しているようで、祭領地は食事やお茶もめったに誘わない。職場だけの仕事関係が彩子には心地よかった。

2

「坂井さん」

すでに数年通っている茶道教室の帰り、うしろから男に声をかけられ、彩子は心臓が止まりそうになった。

友部庸介だ。

「いちどだけでいいですから、お話しさせていただけませんか。いちどだけでいいんです」

差し出された名刺を受け取りもせず、小走りに逃げたのは三日前のことだ。友部がふたたびこんな形で現れようとは思いもしなかった。

「お話しできるまで、何度でもこうやって待ちます。あきらめませんから」

緊張しているとわかるものの、友部の強い意志がうかがえるだけに、彩子は逃げられないと思った。

「三十分……それ以上は無理です。大事な電話が掛かってくることになっていますから」

彩子の気持ちと裏腹に、友部の肩から力が抜けていくのがわかった。

近くの喫茶店で友部と向かい合うと、彩子はまた息苦しさを覚えた。祭領地とちがい、友部は彩子を女として意識するあまり、こうしてここにいるのだ。

どうして彩子の名前を知っているのか、茶道教室の近くで待っていたのは、あとをつけたからか……。

友部への疑問が彩子の脳裏に渦巻いていた。けれど、自分から積極的に口をひらくことができなかった。

「最初、あなたをお見かけしたとき、電流が走ったようでした」

ウェイトレスが注文を訊いていったあと、友部はそう言って、また緊張した顔をした。

いかにも育ちのいいお嬢さんという感じの彩子を駅で見かけたとき、友部は一目惚れした。彩子を眺めるのが唯一の楽しみになった。それから、何度かあとをつけた。フレックスタイムで出勤時間が多少自由になるので、いつも早めに家を出て彩子を待った。

最初、名門錦ヶ淵女子大の学生かと思った。今は、彩子の就職先だとわかっている。調査会社を使い、調べさせた。行動範囲の狭い彩子だけに、容易に生活の全貌を知ることができた。

成績優秀だったこと、両親が他界してひとり暮らしということ、恋人がいないこと、いくつかの稽古ごとをしていることなどがわかった。

恋人がいないということを知ると、友部は一日も早く彩子とつき合いはじめ、将来の伴侶にしたいと思った。一日遅れるだけで誰かに取られてしまうという不安に、夜もなかなか寝つかれないことがあった。

「僕とつき合っていただけませんか。本当にあなたに最初会ったとき、震えるほど興奮しました。歌舞伎などお好きですか？　ちょっと知り合いがいるので、いい席が取れます。クラシックなどお好きならそちらの方でも」

まだ注文のコーヒーも来ていないというのに、友部はすでに次の約束をしようとしている。彩子はやはりこんなところに来なければよかったと思った。

友部はまじめな男のようだ。あの朝目にした名刺から、優秀な男ということもわかる。だが、彩子にとって、今はひとりでいることがこのうえなく居心地がいい。男と燃えるような恋をしたいという欲望もない。異性とつき合ったことがないので、未知の世界は不安だらけだ。そんな世界に入っていく勇気もない。

「お誘いいただいても私……あの……いろいろ忙しくて、時間がとれませんから」

彩子はようやくそう言った。

コーヒーが運ばれてきた。

「では、大学からの帰りにでも、ときどき喫茶店でお話しするだけでも」

すぐにあきらめそうにない友部に、彩子はどうしていいかわからなくなった。

彩子は砂糖を入れずにコーヒーを飲んだ。やけに苦く感じた。

「お酒、嫌いですか？　雰囲気のいい行きつけの店があるんです。うまいものも食べさせてくれますし、これからどうです。タクシーで十五分もあれば着きますから」

「いいえ、大事な電話が掛かってくることになっていますから……」

一分でも長居すれば、それだけ友部に追いつめられていくようで、彩子はこの状態から脱することだけを考えていた。つきなれない嘘をつくのも苦しかった。

「今どき珍しいですね。あなたのようにまじめな人は」

男より女の方が強くなってきたような時代に、まるで彩子はうぶな少女のようだ。両親を亡くしてひとり暮らしをしているのがわかっているだけに、自分が盾になって守ってやらなければと、ますます友部の彩子に対する結婚願望は強まっていった。

三十分後、ふたりはうまく打ち解けられないまま、喫茶店を出た。

「送ります」

「いいえ、けっこうです……」

「ドアの前で帰りますから」

「困ります」

そんな会話が続いたが、彩子は友部に負けた。友部は決してあとに引きそうになかった。ひとりで暮らすには広すぎる贅沢で瀟洒《しょうしゃ》な彩子の自宅の前に着いたとき、友部はついに我慢できなくなり、木立の陰で彩子を引き寄せた。彩子の髪や胸元から漂う甘やかな香りが鼻孔に触れた。それだけで友部の股間は熱く屹立《きつりつ》した。

あまりに唐突だった。彩子は友部から抱きすくめられ、声をあげる暇もなかった。すぐに唇を塞がれていた。

「く……」

彩子は友部の胸を押しのけようとした。だが、背中にまわった腕の力は強く、びくともしない。

総身を大蛇に巻かれているようだ。イヤイヤをして合わさった唇を離そうとした。けれど、熱っぽい唇はイソギンチャクのように吸いついていた。

はじめての体験に、彩子の心臓は飛び出さんばかりに高鳴った。友部の舌が堅く合わさった唇のあわいから入り込もうとしている。彩子はキュッと唇に力を入れて、閉じた貝になった。

友部は舌を入れることができないのがわかり、彩子の唇の表面を舐めまわした。

「うく……くっ」

総身に汗を滲ませた彩子は最悪の状況から逃れようと、友部の胸を押しながら、もがきつづけた。荒く熱い友部の鼻息が、彩子の顔に吹きつけられていた。

友部の鼓動も乱れきっていた。

「いやっ！」

大きく首を振り立てたとき、ようやく顔が離れた。

真正面から強い視線に見つめられ、彩子の胸はさらに波打った。ふるふるとした花びらに似た唇が小刻みに震えた。

「好きだ」

友部の顔はやけに火照《ほて》っている。

「僕と……つきあってください」

彩子は何か言おうとした。だが、唇が震えるばかりで言葉にならなかった。

友部がさらに何か言おうとしているのを見て取った彩子は、きびすを返して門の中に駆け込んだ。

玄関に入ると電話が鳴っている。

彩子はたった今の友部の行為に混乱していた。唇が腫《は》れ上がっているような気がする。血が逆流しているようだ。

受話器を取らずにソファに躰を沈め、彩子はただ呆然《ぼうぜん》としていた。

電話はいちど切れ、また鳴りつづけた。部屋に入ったときから鳴っていたということは、友部からでないということだ。あまりに執拗な電話に、彩子はよろりと立ち上がり、受話器を取った。

「もしもし、坂井さんですか？　祭領地です」

「………………」

友部との行為をどこからか見ていたのではないか。それで電話をかけてきたのではないか。いつもとちがうせっぱ詰まった祭領地の声に、彩子はそんなことを考え、新たな汗を噴きこぼした。

「もしもし、坂井さん」

「はい……」

「よかった。いたのか。兄が亡くなったと連絡があった。これから田舎に帰らなくてはならないんだが、同行してもらえないだろうか。急なんだが」

「お兄様が……亡くなられたんですか？」

三十六歳の貴成の兄というからには、まだ四十歳前後だろう。彩子は友部とのことを一瞬忘れた。

「たいしたお手伝いはできないと思いますけど、すぐに出かける用意をします」

祭領地の下で働いている立場から、彩子はこの同行を不自然とは思わなかった。

「これから電車は間に合うでしょうか」

「車で行くつもりだ。これからそちらに寄るから、待っていてほしい。何も準備しなくていい。いっしょに行ってもらえるだけでいいんだ」

祭領地は慌ただしく電話を切った。

彩子は友部とのことを考える余裕がなくなり、旅行鞄に身のまわりのものを詰めた。

祭領地貴成の兄の死によって人生が急転し、想像もしなかった運命に追いやられることになることを、このときの彩子が知るはずもなかった。

3

「そういえば、きみとドライブするのははじめてだな」

彩子が助手席に座ると、祭領地はかすかに笑った。

「ドライブだなんて……」

祭領地が心配をかけまいとして、わざとそんな言い方をしたのだと彩子は思った。

「これから高速を飛ばしても、山深い田舎のこと、到着は明け方になると思う。疲れるといけない。眠いときは遠慮なく眠ってくれないか」

車が走り出した。

「まだお若かったんでしょう?」

「四つちがいで四十になったばかりだった」

「お子さんは?」

「高校生と中学生がいるが、仙台の親戚の家に預かってもらっている。そこから学校に通っている。いっしょの時間が短すぎたかもしれないが……」

「早すぎましたね……四十歳で逝かれるなんて……」

ふたりだけの兄弟だと聞いていたので、彩子は祭領地の心中を思い、ため息をついた。そして、いちどに父と母を亡くした二年前の自分を思い出し、祭領地の兄の死と重ね、自分のことのように辛《つら》くなった。どんな言葉も、今は慰めにはならないだろう。

「兄はもともと心臓が弱かった。長生きするかもしれないと思う半面、いつ逝ってもおかしくないかもしれないと、それなりの覚悟もしていた。ところで、きみには好きな人はいないんだろう？　つき合っている人とか」

兄のことからふいに変わった質問に、彩子は思わず運転している祭領地の横顔を見つめた。

「いるのか、好きな人は」

「いえ……」

慌ただしさにしばらく忘れていたが、強引だった友部の口づけの衝撃が甦《よみがえ》ってきた。彩子の腋《わき》の下を汗が流れていった。

「きみの口から直接、相手がいないと聞いて安心した。それなら……僕と結婚してくれないか。いっしょになってほしいんだ」

彩子は耳を疑った。兄の死を知ったばかりの男が口にする言葉だろうか。それに、学生と助教授の関係だったときも、今のような手伝いをするようになってからも、祭領地はそういうことをおくびにも出さなかった。それだけに、あまりに唐突すぎる言葉だった。

彩子は何か聞きちがいをしたのではないかと思った。それか、愛する兄の急死に、祭領地の頭が混乱しているのだ。

身内の死に直面していながら意外なほど落ち着いているように見える祭領地だが、実際は困惑し、哀しみに襲われ、信じたくないという思いと必死に闘いながら運転しているのかもしれない。だから、自分の口から出た言葉がどんなものかにさえ気づいていないのだろう。

「僕といっしょになるのはいやか？」

ふたたび祭領地が尋ねた。

「えっ……？」

もしかして正気で言っているのだろうか……。

彩子は二度目の質問でようやくそう考えた。だが、まだ半信半疑だった。

「きみとの結婚を考えているんだ。兄が亡くなったとなれば、家督を継ぐのは僕になる。父は健在だが、跡継ぎは僕だ」

ふたりきりの兄弟で兄が亡くなったとなれば、わざわざ言われるまでもなく、貴成が祭領地家の跡継ぎとなり、家督を継ぐことになるだろう。だが、それと性急な結婚話と、どうしても彩子にはすんなりと繋《つな》がらなかった。

「僕がきみを最初に強く意識したのは、きみの両親の事故の知らせが事務員によって教室に届いて、それを僕がきみに伝えたときだった」

もちろん彩子には初耳だ。祭領地が自分を意識していたなど、今まで考えたこともなかった。それほど祭領地は公私混同しない男だった。

あれからも学生と助教授でしかなかったし、今もふたりの間には一線が引かれていて、その線が曖昧《あいまい》になることは一度もなかった。

「きみがひとりになったのを知った僕は、これから学業はどうするのか、就職はどうするのかと聞いたことがあった。学業は続けると聞いたときは安心した。就職しなければと言われたときは、僕がどこかを紹介したいと思った……僕の紹介する安全なところ……つまり、安心してきみを預けられるところに世話したいと思った」

祭領地の口から次々と出てくる言葉のすべてが、彩子にとっては意外だった。

「きみはあまり企業などには勤めたくないようだった。錦ヶ淵女子大出の才媛なら、一流企業は文句なく採用する。この不況時でも、どんな就職でも叶うと言っても過言ではないんだ。だから、僕はてっきり、きみがそう希望すると思っていた」

かつて祭領地は、彩子の就職先として、大企業の名を二、三あげた。けれど、彩子はすぐさま、それらの企業の試験を受けるつもりはないと言った。

「それが、どうもちがうようだとわかってホッとした。だが、僕の手伝いをしてくれと頼んだときは、断られるのではないかと思っていた。給料も微々たるものだ。それに、きみの才能が生かされる仕事ではないから、いい返事はもらえないと思っていた。即座に承諾されて、かえって面食らった」

面食らっているのは、今の彩子だった。意外な話ばかり聞き、異性を意識しないで済んでいた祭領地への気安い思いが消えた。

祭領地の兄の死という緊急時の緊張とは別に、ある意味ではリラックスして座っていた助手席が、今では重苦しい席になった。

「いやか、僕が相手では」

「今まで……そんなことは何もおっしゃらなかったのに……これまで何にもおっしゃらなかったのに……こんなとき急に……先生、変です。お兄さまのことで動揺していらっしゃるんでしょう？」

彩子は外見は沈着に運転しているように見える祭領地をちらっと見ながら、ようやくそう言った。

「本気で言ってるんだ。祭領地家は小さな村の旧家だが、村全体が祭領地、つまり〈祭りの領地〉と言われ、江戸時代は大名の領地で、特別な祭りの行われる特殊な村だったんだ。その村の名前である祭領地の姓を与えられたのが、さる大名家から村の長《おさ》としてやってきた僕の何代か前の先祖だ」

祭領地が東北の旧家の出ということは彩子も噂で聞いていたが、そんな由緒ある家柄とは知らなかった。だが、祭領地には品格があるし、良家の子息以外の何者でもないという気がしていた。

「僕の家というより村全体が、今も綿々と当時の風習を受け継いでいる。奇習と言った方がいいかもしれないが……」

そこで祭領地は前方にまっすぐ向けていた目をひととき彩子に向けた。

「兄が亡くなった以上、僕は独身を続けるわけにはいかなくなった。跡取りとして、一日も早く妻帯しなければならない。兄の子供はまだ成人前だ。だから、なおさら僕の責任は重い」

どういう風習が続いているのかわからないが、そのために祭領地は結婚を急いでいるのだ。

「愛情を注げる伴侶をお捜しになってください。これまでこんなことをお話しする機会がなかったので、強いてお話ししようとは思いませんでしたが、学内で先生の人気は大変なものです。いくらでも先生のお相手なら捜せるはずです。私のような両親もいない女より、もっとご両親のしっかりしている人をお捜しになった方がよろしいと思います。そんな由緒ある家柄の先生でしたらなおさらのこと」

「誰でもというわけにはいかない。きみの人柄も境遇も、僕の伴侶としては最高なんだよ」

「でも……」

「身の毛がよだつほど嫌いな男だと言われれば仕方がないが、そうでなければ、僕はきみをどうしても口説きたい。おそらく、父も村のみんなもきみのことを気に入ってくれるはずだ」

同行してくれと言われたのはこういう意味もあったのだと、今さらながら彩子は悟った。

すると、生まれてはじめて友部庸介に唇を奪われた一時間半ほど前のことが生々しく甦った。

よりによってこんなときに、なぜ友部にあんなことをされてしまったのだろう。ファーストキスだった彩子は、取り返しのつかないことをされたような気がしていた。祭領地の申し出を受ける気持ちはない。それでも、友部とのことが重く肩にのしかかってきた。

「結婚のこと、考えて欲しい」

「困ります……困るんです。結婚なんて……私、一生ひとりで暮らすつもりなんです」

「誰かと暮らすんじゃなくて、ひとり身をつづけたいと言うのか」

「ええ……」

彩子は掠《かす》れた声でこたえ、視線を落とした。

ふたりの会話が途絶えた。

4

「もうすぐだぞ。きみ……」

起きているつもりが、いつしか彩子は眠りに落ちていた。

起こされて彩子は慌てた。

祭領地は彩子が眠っている間も運転を続けていたのだろう。夜が明けていた。

「すみません、先生……」

「眠れたようでよかった。この先が祭領地村だ」

四方を山に囲まれていた。絵のような紅葉に、彩子はいちどに目が覚めた。

「きれい!」

思わず頬《ほお》をゆるめた。

こんな見事な紅葉を見るのははじめてだ。まだ燃えはじめたばかりのようだが、それでも、絵になるほど美しい。彩子は北の方に来たのだと実感した。

彩子が不謹慎と思ったのは、感嘆の声を上げてしばらくたってからだった。

「すみません……こんなときに」

「いや、よかった。気に入ってくれて。村に入るともっときれいなはずだ」

祭領地が笑った。だが、彩子には笑いを装っているように見えた。昨日から哀しみを見せようとしない祭領地だが、兄の死がこたえていないはずがない。

舗装されていない谷間の曲がりくねった道を進んでいくとき、絶壁から転がり落ちたら即死だろうと、彩子は冷や汗が出た。

絶景だけに危険と隣り合わせだ。

人工的に作られたさして広くない平地に出たとき、ふたりの男が現れた。彩子達は車を降りた。

車が通れるのはそこまでだ。鎌倉の切り通しを連想させるような巨大な岩があり、洞門がくり貫かれている。

車が通るための幅と高さは十分すぎるほどあるが、通路に大きな置き石があり、人しか通れない。それらを片づけ、少し手を加えれば車の通行も可能だろうが、あえてそれを拒否しているような感じがする。

その向こうが祭領地村らしい。こちらの世界とは異質な空間が隠れているようで、不思議な光景だった。

「貴成様、よう、遠いところをお帰りで」

「お疲れさまでございます」

薄鼠色の作務衣《さむえ》を着たふたりは、それぞれ六十代と三十代ぐらいに見えた。祭領地とどんな関係かわからないが、彼の兄の死に落胆し、ついいましがたまで涙を流していたのだということがわかった。

祭領地にひととき悔やみの挨拶をした年寄りの方が、黒いツーピースに真珠のネックレスをしている彩子に目を向けた。

「よう、こんな山奥までおいでなさってくださいました。八助《やすけ》と申します。こっちは勇吾《ゆうご》と申します」

体格のいい勇吾は、秋も深まっているというのに赤銅色《しゃくどういろ》の肌をしている。

「坂井彩子と申します。先生のお手伝いをしております」

「若奥様になるお方ですか」

「いや……まだ」

祭領地は重い口調で言うと、軽いため息をついた。

彩子は祭領地と八助から目をそらすためにうつむいた。

「まあ、それはあとにして、仏様と主様《あるじさま》がお待ちです。きれいな仏様でございます。こんなに早く仏さまになられるなど、誰も思っていませんでした」

八助は鼻をすすった。

勇吾はきりりとした唇をきつく噛んだ。

八助のあとに祭領地と彩子は従った。

切り通しを抜けると雑木林が広がっている。道は細い。

雑木林を抜けたとき、彩子の目に、古い木造の家が映った。どこも白い幟《のぼり》を立てている。

「貴基《たかもと》様の死を悼んで、ああやって村の者が幟を立てています」

祭領地貴成の兄の名が貴基ということを、彩子ははじめて知った。そして、幟を立てるのも風習のひとつかと奇異な気がした。

長い連なりの白い漆喰《しっくい》の塀は、村の建物に囲まれる形で現れた。内側に年を重ねた大木が茂っている。村の家々に立てられている幟よりひとまわり大きな白い幟が、塀に沿って等間隔でずらりと並んでいる。

広い敷地とわかるだけに、彩子は寺か神社かと思ったが、そこが祭領地家の敷地だった。整えられた庭園、どっしりとした平屋の屋敷。白壁の蔵。まるで江戸時代に遡《さかのぼ》ったようだ。

「貴成さん……」

玄関に入ると、納戸色の着物を着た女が現れ、肩を震わせた。

着物の暗い色は、かえって女の白く美しい顔を引き立たせていた。

息を止めるほど美しい女だ。三十代に見える。ほつれ毛が女の妖しさをきわだたせていた。こんなに美しい女を、彩子は鏑木清方《かぶらぎきよかた》の美人画で見たような気がした。

今にも壊れてしまいそうな危うさがある。山奥の村にこんな女がいるのが不思議だ。不思議といえば、切り通しをくぐったときから、彩子は別世界に入り込んだような思いにとらわれていた。

広大な敷地に重厚な屋敷が建っていることすら異様だ。そして、彩子の知っている錦ヶ淵女子大助教授、祭領地貴成の実家であるということさえ不思議に思えてくる。都会的な隙のないセンスの持ち主の祭領地が、この古い屋敷の跡継ぎなのだ。

「義姉《ねえ》さん、寝てないんじゃないのか?」

貴成の言葉で、彩子はその美しい女が未亡人になった兄嫁とわかった。

すぐに仏間に通された。香の匂いが満ちている。そこでまた彩子は目を見張った。寺の本堂のように広い。しかも、何十畳かのその仏間には金色に輝く豪華な仏壇が据えられ、個人の家のものとは思えない。

仏壇の前に布団が敷かれ、顔に白い布をかぶせられた遺体が横たえられていた。そのまわりを、およそ二十人ほどが囲んでいる。

「ただ今帰りました」

貴成は父、基一郎《きいちろう》に挨拶した。

「おお、待っていた。見てやってくれ。お嬢さんもな。話はそのあとだ」

貴成が布をのけた。貴成より四つ年上とはいえ、双子のようによく似た男だ。まるで眠っているようだ。

「兄さん……遅くなって済まなかった」

貴成はいとおしむように兄の頬を撫でた。

「きみも兄をよく見ておいてくれないか」

彩子はそう言われ、貴基を見つめた。声をかければ返事がありそうだ。

「通夜は午後から。葬儀は明日だ。昼まで寝るといい。布団は敷いてある。その前にふたりとも風呂に入るといい」

「いえ、私は、休まなくてもけっこうです。何かお手伝いがあればいたします」

こんなときに布団に入って休めるはずがない。夜ならともかく、すでに朝だ。それに彩子は、車中で何時間か眠っている。

「先生、一睡もなさっていませんからお休み下さい」

「休むかどうかは別として、風呂に入って躰を清めていただきましょう。キヨ、お嬢さんのご案内を」

八助が側《そば》にいた四十女に言った。

「お嬢さま、こちらへ」

泣き明かしていたと思える腫れぼったい目をしたキヨは、祭領地の家族ではなく、住み込みのお手伝いだ。

「先生、お先にどうぞ」

躰を清めていただきましょうなどと言われては、風呂に入らないわけにはいかないが、貴成より先に入るのははばかられた。

「もう少し兄と話がしたい。先に入ってくれ」

戻ってきたばかりの貴成が、対面した兄とすぐに離れたくないのはわかる。これ以上ぐずぐずしてはかえって失礼かと、彩子はキヨのあとに従った。

廊下がやけに長い。

「大きなお屋敷ですね……」

「祭領地様のお屋敷ですから。二百年は経《た》っております」

「二百年……」

車中で貴成は、村全体が祭領地、つまり〈祭りの領地〉と言われ、江戸時代は大名の領地で、特別な祭りの行われる特殊な村だったと言った。その村の名前である祭領地の姓を与えられたのが、さる大名家から村の長としてやってきた何代か前の先祖だとも言った。

江戸の時代から綿々と続いている由緒ある屋敷だとしても、廊下も柱もよく磨かれ、それほど古い建物には見えない。

「どこもピカピカ……」

「村中の者が毎日、お屋敷のお手入れをさせていただいております」

キヨの言葉は、祭領地家を村人がいかに大事にしているかを物語っていた。

屋根つきの渡り廊下の先に離れがあり、そこの風呂に彩子は案内された。

総檜造《そうひのきづく》りで広く、天井も高い。その天井を支えるように、数本の丸柱が楕円形の湯船の縁と洗い場に立っている。旅館の浴場のような広さだ。

「着替えはすぐに持って参ります。ゆっくりおくつろぎください」

脱衣場にバスタオルを置いたキヨの言葉に、彩子は慌てた。

「上がったらお手伝いしますので、この服のままでけっこうです。エプロンも持って参りました」

「エプロンなどとんでもない。このあとはお休み下さい。お手伝いなどさせれば主様に叱られます」

「主様……？」

八助に会ったときも聞いた。だが、いったい誰のことかわからなかった。

「貴成様のお父様のことでございます。村ではみんな主様とお呼びしております。では、ごゆっくり」

キヨが出て行った。

広い風呂に浸《つか》っていると、檜の匂いが少しずつ彩子の緊張をほぐしていった。それとともに、貴成によく似ていた兄の死顔や、車中で貴成に求婚されたことを思い出した。

結婚なんて……私は、こんな由緒ある旧家の嫁にはふさわしくないわ……それに、きのう、あの人に……。

友部庸介に強引に唇を奪われたことが、忌まわしい記憶として焼きついていた。

悪い男ではないと思っていた。けれど、彩子にはつき合う意志がなかった。だから断ろうとした。それなのに、あんなことになってしまった……。

「あっ！」

もの思いに浸っていた彩子は、裸の貴成がいきなり戸を開けて入ってきたことで仰天した。人が入ってくるとは思いもしなかった。まして、貴成が入ってこようとは。それも全裸で……。

はじめて男の裸身を見た彩子は、瞬間的に顔をそむけた。そのとき、すでに乳房を両手で隠していた。

すぐに顔をそむけたつもりだったが、貴成の股間の黒い茂みや、そこから立ち上がっていた異様なものが脳裏に焼きついていた。

心臓が早鐘のように鳴っている。ちょうどいい湯加減のはずが、のぼせてしまいそうだ。

「彩子……」

祭領地貴成が、はじめて彩子を呼び捨てにした。

「彩子」

貴成の声は四方の壁に反響し、彩子にかぶさってきた。

「出て行ってください……お願いです」

背中を向けて肩まで浸り、乳房を隠して、彩子は掠れた声でようやくそう言った。

「こっちを向いてごらん」

「キヨさんが来ます……早く出て行ってください」

彩子はのぼせて目眩《めまい》がしそうだった。

「父も義姉さんも八助達も、彩子を気に入っている。ますますいっしょになってほしいと思うようになった」

仏間を立ったほんのひとときの間に、そんなことが話されていたのだろうか。こんなときにと、彩子は信じられなかった。

「だからといって、こんなこと……誰かに知れたらどうなさるおつもりですか……早く出て行ってください」

最後に同性に裸体を見せたのは、高校の修学旅行でクラスメートといっしょに風呂に入ったときだ。男に見せたことはむろんない。父親と最後に風呂に入ったのは小学校の三年生のころだった。貴成の唐突な出現は、彩子をパニックに陥れるに十分だった。

貴成が湯船に入ってきた。

彩子は汗を噴きこぼしながら、乳房がいびつになるほど胸を押さえている手に力をこめた。

「彩子、こっちを向いてごらん」

「いや」

彩子は泣きそうな声を出し、躰を守るように丸めた。

「きれいな躰を見せてごらん」

肩に手を置いた貴成に、彩子の心臓は破裂しそうなほど乱れた。

「大きな声を……出します……先生……お願いですから……出て行ってください」

「母屋に聞こえるほど大きな声を出せるのか？　何もしないからこっちを向いてごらん」

湯のなかで震えるようにうずくまっている彩子を、貴成は力ずくで自分の方に向けた。

「あう！」

乳房をきつく押さえたままの彩子は、哀れなほど動揺している。隠された乳房と肩が大きく喘ぎ、わずかに離れた唇のあわいから、激しい運動をしたあとのような荒い息が洩れていた。

「恐《こわ》いのか。何もしないと言っただろう？　だから、見せてごらん」

乳房を隠している手を握ると、彩子はいっそう強く掌を押しつけ、怯《おび》えた顔でイヤイヤをした。

「祭領地彩子になるのはいやか？」

彩子の手首を握っているものの、貴成はそれを無理に押しのけようとはしなかった。

「昔から、祭領地家のものになるには処女でなければならない決まりだ。今は結婚前に処女を失う女性が多くなっているが、きみはまだ男を知らないはずだ。だから、どうしても僕はきみに妻になってもらいたいんだ」

処女でなければ祭領地家に嫁げないと知ると、このせっぱ詰まった状況のなかでも、彩子は新たな驚きにつつまれた。そして、きのうの友部の口づけをふたたび鮮明に思い出した。

「僕の手伝いをしてくれないかと頼んだとき、ふたつ返事で受けてくれたじゃないか。だけど、いっしょになるのはいやか？」

正面から貴成に見つめられると真摯《しんし》な目が眩《まぶ》しく、罪悪感にとらわれた。

「私……ある人につき合ってくれと言われて……強引に……」

貴成の表情がまたたくまに変わっていった。

「男を知ってしまったのか……いつだ……いつなんだ」

呆然とした貴成は彩子の手首を離した。

「キスだけ……でも……あう！」

彩子が次の言葉を言おうとする前に、貴成は彩子を抱き寄せ、唇を塞いだ。

「く……んん……」

首を振り立てようとしたが、貴成の舌は彩子の唇を割って侵入し、歯茎を舐めまわした。

「うく……」

鼻から熱い息をこぼしながら、彩子は貴成を押しのけようとした。

貴成が顔を離した。

「僕もその男と同じことをした。どうする？　コレをさわってごらん。彩子を欲しがってこんなになってる」

愕然《がくぜん》としている彩子の手を取り、貴成は屹立している肉棒に導いた。

「あ……」

初めて触れる男の器官。それは鉄のように堅かった。指先から電流のようなものが流れていった。心臓が激しい音をたてた。

貴成がふいに立ち上がった。

湯に浸っている彩子の目の前に、黒い茂みからニョキリと生えている天狗面の鼻のような肉茎が突き出された。

生まれて初めて見る男の性器はグロテスクで恐ろしかった。彩子は花びらのような唇を小刻みに震わせた。

「彩子を欲しがっているコレを、一日も早く彩子のワギナに入れたいんだ。彩子を愛したいんだ。コレにキスしてくれないか」

彩子は喘ぎながら首を振り立て、泣きそうな顔をした。タンポンも入れたことがないところに、こんな恐ろしく太いものが入るとわかると、男との営みが恐ろしくてならない。

指ほどの太さしかないタンポン。けれど、それさえうまく入れることができず、結局、彩子は生理のときはナプキンばかり使ってきた。

「彩子にはわからないだろうが、男はこうやって大きくなったまま我慢するのは苦しいことなんだ。射精しないと苦しいものなんだ。彩子のソコに入れたくてたまらないが、祭領地家の妻になる者とは結婚までひとつになることは許されない。でも、今どうしても、ココにキスをしてほしいんだよ。キスぐらいしてくれるだろう？　苦しくてたまらないんだ」

苦しいと言われると、彩子はどうしていいかわからなくなった。堅く太い肉茎を見ているだけでも恐ろしい。さわったときの恐怖はまだ治まっていない。まして、唇をつけることなどできるはずがない。

「彩子、そのかわいい唇で触れてくれないか」

後頭部に手を置かれ、引き寄せられ、彩子は貴成の意のままに震える唇を亀頭につけていた。動揺した彩子は、湯のなかに沈みそうになった。

腋下に手をやった貴成が、彩子を引き上げて支えた。

椀形の白い乳房。淡いピンクの乳暈と初々しい乳首。ようやく貴成が見ることのできた乳房はため息が出るほど美しく、みずみずしく張りつめていた。

「立ってごらん」

貴成に頭を引き寄せられた結果とはいえ、肉棒に唇をつけてしまった彩子は放心状態だった。操り人形のように引き上げられ、夢遊病者のように立っていた。

濃くも薄くもない恥毛。くびれたウエスト。まだこれから豊かになっていくだろう二十三歳の若い臀部。バランスのとれたみごとな躰だ。

「きれいだ。うん？　どうした、のぼせたのか。先にあがって服を着て待っていなさい」

笑みを浮かべながら貴成は彩子を湯船から出した。だが、彩子はよろめきそうになった。

「キヨ！」

貴成は脱衣場に向かって声をあげた。

すぐに返事があり、キヨが湯殿の戸を開けた。

ぼんやりしていた彩子は正気に戻って声をあげた。

貴成と風呂に入っていたことは誰にも知られたくなかった。羞恥と不安が押し寄せた。顔が火照った。右手で乳房を、左手で翳りを隠した。

「のぼせているみたいだ。服を着せたら部屋で休ませておいてくれないか」

「まあまあ、それはいけませんね。長い間車に乗っていらっしゃってお疲れだったんでしょう。さ、早くお躰をお拭きになりませんと」

貴成とふたりで風呂に入っているということを、キヨは意外とも思っていないようだ。それに、キヨを呼んだということは、貴成にはそこに控えていることがわかっていたのだ。貴成はキヨに知られることがわかったうえで、堂々と彩子の入っている湯殿に入ってきたということになる。

(なぜ……？　どうなっているの……？)

彩子の脳裏で、もつれた糸が絡み合っていた。

錦ヶ淵女子大の国文学の助教授、紳士的で学生達に人気のある祭領地貴成。貴成の下で働くようになった彩子に、貴成はこれまで決して私的な言葉をはさむことはなかった。異性を意識しないですんだ。

それが、兄の貴基の死を境に、貴成は彩子と結婚したいと言った。結婚の承諾もしていないというのに唇を奪われ、誰にも見せたことのない生まれたままの姿をなかば強引に見られてしまった。

（どうして……？　どうして……？　どうして……？）

バスタオルを手にして微笑んでいるキヨを見つめながら、彩子は迷宮に入り込んでしまったような気がした。

二章　はじめての口戯

1

村をあげての葬儀が終わった。

村には昇龍寺《しょうりゅうじ》という寺があり、そこが祭領地家と村人の菩提寺となっている。住職は村出身で、古刹《こさつ》で修行したという七十に手が届きそうな穏和な男だ。

意外なことの連続に、彩子は何度も夢を見ているのではないかと思った。

わずか三十戸ほどしかない村だというのに、遠くに就職している者までひとり残らず駆けつけたのか、意外に大きな葬列だった。村には不釣合と思われるような大物らしい人物達も何人か含まれていた。

未亡人琴絵《ことえ》の喪服姿が、ひときわ彩子の目を惹《ひ》いた。

祭領地家の紋は葵《あおい》の紋に似ている。

村は江戸時代には大名の領地で、特別の祭りが行われていたということや、その時代に村の長としてやってきたのが、さる大名家の者で、貴成の先祖に当たるらしいことから、彩子は立派な紋はそのことと関係があるのだと思った。

親戚の家から通学している高校一年の娘と中学二年の息子も戻ってきて、ずっと琴絵に寄り添っていた。

そんな大きな子供がいるとは思えないほど琴絵は若々しく、艶やかだった。琴絵のまわりの空気だけがほかより透き通っているようで、夫をなくした哀しみがひしひしと伝わってきた。

世間から忘れ去られているような辺鄙《へんぴ》な場所の小さな村というのに、祭領地家の屋敷が広大であるように、昇龍寺境内の墓も大きかった。

村人達の墓に囲まれた祭領地家の墓は、数段高いところに土が盛られている。

墓所に上がる数段の階段の両側には手入れされた低木の植え込みがあり、上りきったところには左右に大きな灯籠《とうろう》があった。

そのさらに数メートル先に、祭領地家代々の墓である五輪塔のような風変わりな石塔が並んでいた。今朝替えたばかりといった感じの花が、どの墓の前にも飾られていた。

貴基の遺骨を埋葬するのは四十九日が過ぎてからということだが、貴成は葬儀が終わってから、彩子を墓所に案内した。

「祭領地家は村の中心なんだ。墓も家も村人達に囲まれているのがわかるだろう？　兄が亡くなって父も亡くなれば、いやがうえにも僕がこの村の中心になる。だから、彩子に」

彩子は貴成の言葉を遮るようにイヤイヤをした。

「どうしてきのうから呼び捨てになさるんですか……私、まだ先生と何もお約束なんかしていません。私、誰とも結婚なんかするつもりはないんです」

生まれたままの姿を見られ、貴成の男根に唇をつけた以上、生真面目に生きてきた彩子としては、貴成以外の男といっしょになることはできそうにない。だから、貴成といっしょにならないとすれば、ひとり身のまま生きていくしかないのだ。

貴成の視線が遠くの山並を見つめたあと、彩子に戻った。

「帰ろう……」

「東京にですか？」

「屋敷だよ。そんなに東京に帰りたいのか？　だが、たとえそうだとしても、ひとりじゃ帰れない。それに、大学には、彩子といっしょに戻ると言ってある。急ぐことはないだろう？」

貴成はまた彩子の名前を呼び捨てにし、細い肩先を抱いた。貴成の腕を払うこともできず、彩子は堅くなって歩いた。

貴成が嫌いではない。信頼しているからこそ、貴成の手伝いをしてきた。だが、結婚となると話がちがう。

両親を亡くしてから、彩子はひとりで暮らしてきた。淋しいというより、気ままな生活に慣れてしまった。女友達はいくらでもいる。結婚という複数で暮らす未知の生活に不安がある。未知の世界に飛び込んでいく勇気がない。

貴基の死を悼み、村の家々の白い幟はまだ風にはためいていた。

屋敷の玄関に立つと、呑み食いしているらしい話し声などが聞こえてくる。

屋敷には遠来の客達が残っており、楽に五十人ぐらいくつろげそうな大広間に集まっている。

「お帰りなさいませ。主様と奥様が飛龍《ひりゅう》の間でお待ちでございます」

キヨ同様屋敷で働いている村の女が、うやうやしく頭を下げた。

仏間の隣が〈飛龍の間〉と呼ばれる十二畳の部屋で、欄間にみごとな飛龍の透かし彫りがしてある。仏になった者が龍に案内されて極楽に昇っていくための間という意味だ。

襖《ふすま》には、今にも飛び出してきそうな龍が墨で描かれていた。

座卓に貴成の父基一郎と、未亡人となった琴絵が座っている。四人分の精進料理が並んでいた。

「すでに貴成にお聞きでしょうが、長男が亡くなり、その子供達はまだ未成年なので、貴成に祭領地家を継いでもらわなければならなくなりました。貴成の伴侶として、彩子さん、あなたに来てもらいたいのだが」

「それは……」

結婚の話が基一郎の口から早々に出るとは思わなかった。彩子は戸惑いを隠せなかった。

「彩子さん、来ていただきたいの」

琴絵もそう言った。

「私……家事なんて……何にもできないんです……それに、両親もいませんし、こんな立派なお屋敷には……」

「何もしなくていいんだ。掃除、料理、洗濯、庭の手入れなどは村の者がやる。身のまわりの世話をする手伝いの者もつける」

「困ります……」

貴成の言葉に彩子はますます困惑した。

「先生は大学をおやめになるんですか？　おやめになってここでお暮らしになるつもりです

か……？」

若くして都会の有名女子大の助教授にまでなっている貴成が、いまさら何もないに等しいこんな小さな村で暮らすことは不自然にしか思えない。

いくら由緒ある家とはいえ、辺鄙な土地には店一軒なく、車さえ切り通しからこちら側に来ることはできないのだ。いったいこれからの仕事はどうするのか。それに、まだ父親が健在ではないかと、彩子は貴成の退職を考えることができなかった。

「国文学の研究はここでもできる。それに、週に二、三日だけ大学で教えるということも可能だ」

「彩子さん、一目あなたを見たときから、貴成の嫁になってくれるならと思いました」

「彩子さん、私もあなたにここに来てほしいの。とうに貴成さんといっしょになることをお約束してくださっているものと思っていました。でも、まだだと聞いたとき、どうしても承知していただかなければと思いました。私はあなたとならうまくやっていけると信じています。亡きお義母様《かあさま》も、もし元気でいらっしゃったなら、彩子さんを心から喜んでお迎えになったでしょう」

夫を亡くしたばかりという琴絵が、すでにそのことには一言も触れず、彩子を迎えようとしている。

このうえもなく上品でやさしそうな琴絵と基一郎の言葉に、彩子の気持ちがぐらついた。

（貴成さんだけでなく、彼のお父様からもお義姉様からも、私は心底求められているんだわ……）

会ったばかりの自分を貴成の終生の伴侶にという信頼の篤さに、彩子は涙ぐみそうになった。

「貴成さんのお手伝いをなさっているのなら、貴成さんがお嫌いじゃないんでしょう？」

「ずっと信頼していました。でも、結婚は別です……何もできないことが恐いんです……」

「茶道、華道、書道と、何でもやっているじゃないか。きみはもっと自分に自信を持っていいんだ。錦ヶ淵女学園時代から、きみはずっと優秀だった。文句のつけようがないと教師達が言っている。そんなきみにこそ、僕は不足だろうが」

「そんなこと……そんなことはありません」

「じゃあ、祭領地家に来ていただけるわね？　ね、ここで暮らして」

「でも……」

東京生まれの東京育ちの彩子にとって、こんな辺鄙なところで一生過ごすなどとんでもないという気持ちもあった。空気のいい景色のきれいなところに旅行したいと思うことはある。だが、通り過ぎる旅と、その地に根を張る暮らしはちがう。

「ふたりで話したいことがあります」

貴成の言葉に、基一郎と琴絵が出て行った。

「彩子、きみが大切だったから、これまでただ眺めていた。しかし、祭領地の家は掟《おきて》に従って二百年以上続いてきた家で、僕がどうしても継がなければならなくなった。その相手はきみ以外に考えられないんだよ。ここに来れば、彩子は女として最高の幸せを得ることができる。慣れるまで苦しいこともあるかもしれないが、そのあとの幸せは約束できる。義姉さんは不幸に見えたかい？」

彩子は首を振った。

「昨日、僕は彩子のきれいな躰を見た。そして、彩子は僕の男に口をつけた。これからもそうしたいんだよ」

彩子の瞼《まぶた》と頬が、みるみるうちに朱に染まっていった。

「ああ、いや……言わないで。もう言わないで先生」

「初めて男の大きくなったアレを見たんだろう？　初めて口をつけたんだろう？　彩子は初めてアソコに口をつけた男といっしょになる運命なんだ。ほかの男のアソコにキスなんかするはずがない。そうだろう？」

「いやいやいや。そんな恥ずかしいこと……言わないで」

彩子は顔を両手でおおって身を揺すった。

そんなうぶでかわいい彩子をみつめながら、貴成の血がたぎった。

「いっしょになってくれるね？」

貴成は顔をおおっている彩子の両手を左右に引き離して正面から見つめた。

彩子はすぐにうつむき、貴成から視線をそらした。

「僕の目を見てごらん」

彩子は総身でイヤイヤをした。

「そんなに嫌いか……？」

また彩子はかぶりを振った。

「恐い……恐いの」

「何が？」

「全部……」

男との性の営みも、こんな田舎での生活も、基一郎や琴絵達と同居することも、何もかもが恐かった。

「僕といっしょでも恐いか。うん？」

ゆっくり顔を上げた彩子は、いいえというように、貴成の目を見て静かに首を振った。

「だったら、祭領地彩子になってくれるだろう？」

はじめて彩子はうなずいた。

2

その夜、貴成が風呂に入ってくるようなことはなかった。ほっとしたのもつかのま、彩子が風呂から上がると、新しい浴衣《ゆかた》と半纏《はんてん》を用意したキヨが待っており、昨夜とちがう部屋に案内された。

広い屋敷にはどれほど多くの部屋があるかわからない。それにもかかわらず、廊下の隅々、柱の一本一本まできれいに磨かれている。さりげないところに野の花が飾られていたりする。

「こちらでございます」

障子があくと、続き部屋になっていて、次の間の襖が閉まっている。

床の間つきの部屋には、漆塗りの座卓が置かれ、お茶の用意がしてあった。

床の間には古い掛け軸がかかり、茶色い鶴首の陶器に、凜《りん》とした一本の白木槿《しろむくげ》が挿されている。

離れの湯殿に向かう廊下の途中にも、さりげなく壺が置かれ、喪中にもかかわらず白木槿や淡いピンクの秋海棠《しゅうかいどう》、芒《すすき》などが無造作に、しかし、ある計算された形で投げ入れてあった。中学生のときから華道を習っている彩子には、無造作とも思われるがきちんと計算しつくされている美を理解することができた。

「お疲れでございましょう。ゆっくりお休みください。次の間にお布団は敷いてございます。私は隣の部屋におりますので、何かご用があれば、いつでも遠慮なくお呼びください。夜中でも朝でも、いつでも。では、失礼いたします」

母親ほどの歳かと思われる女だが、まるで彩子の僕《しもべ》のような口調と態度だ。

「私のことなど気にしないで、あなたの方こそ、ゆっくりお休みなさってください。私、お手伝いもしないで心苦しいんです。そのために来たつもりだったんですけど……呆《あき》れていらっしゃるでしょう？」

屋敷に着いたときから丁寧過ぎる待遇に恐縮している彩子は、まだ貴成の下で働いている身にすぎない自分がすっかり客の立場になってしまっていることにあらためて気づき、冷や汗をこぼした。

「もったいないお言葉でございます。ようやく貴成様によいご返事をされたとお聞きしました。村人にとって、これからあなた様は大切な宝です。粗相のないようにお仕えさせていただくつもりでおります。何なりとおっしゃってください」

深々と礼をして、キヨは隣室に消えた。

座卓の前に腰を下ろした彩子は、粗相のないようにお仕えさせていただきます、というキヨの言葉に、祭領地家の大きな力を感じた。

世間からは忘れられているような小さな村。だが、祭領地の屋敷は驚くほど立派で、調度品のひとつひとつも価値あるものばかりだ。

(私がここの者になるなんて……本当にここで暮らせるの……?)

何かとてつもない不思議さを秘めているとわかる屋敷だけに、彩子にふたたび不安が押し寄せた。

まだ時間は早い。

それでも、テレビがあるわけでもなく、場合が場合だけに、本の一冊も持ってきていない。キヨに何か本を頼めばよかった。キヨは、いつでも遠慮なく呼んでください、と言った。だが、彩子はそんなことでキヨをわずらわせることはできなかった。

次の間に寝床の用意がしてあると言っていたキヨの言葉を思い出し、彩子は襖を開けて覗いてみることにした。

「あ……」

秋草を描いた屛風の手前に布団が敷かれており、枕はふたつ並んでいる。

「嘘……そんな……」

結婚の承諾はしたが、まだ結婚はしていない。貴成とひとつ布団に休むことなどできるはずがない。

二十三年間操を守ってきた彩子にとって、現代の性に解放的な女達のように、婚前交渉や遊びの性を楽しむことは考えられなかった。

呆然として立っていると、廊下で物音がした。

風呂上がりの浴衣に半纏を羽織った貴成が入ってきた。

彩子は見ひらいた目を貴成に向けた。

「もう休むのか」

いつもの貴成。けれど、だからこそ、彩子は困惑した。

「まさか……まさか、先生ここで……」

「うん？」

「お休みになるんじゃないでしょうね……？」

「彩子はいっしょになるのを承諾してくれたじゃないか」

「そんな……だからといって……だって、まだ結婚していないんです。困ります……」

床の用意をしたのはキヨだろうか。キヨは今夜、彩子と貴成がそういう行為をすると思っているのだろうか。キヨに対しても恥ずかしく、明朝、まともに顔を合わせられない気がした。
「まだ困ります。困るんです……」
「祭領地家に嫁ぐ者は処女でなければならないと言っただろう？　結婚の日までそういうこ
とはしない。処女のままでいてもらう。ただ、彩子をもっと見たい。さわりたい。わかるだ
ろう？」
「いやいや。いや。だめ」
近寄ってくる貴成に彩子は首を振り立てた。
「お願い。来ないで。先生、だめ」
胸を喘がせ、泣きそうな顔をして、彩子は枕元の方に後じさっていった。
「彩子は女の悦びをまだなんにも知らないんだ。だから恐いんだろう？　恐くないんだ。少
しだけ悦びを教えてやりたいだけだ」
安心させるように笑みを浮かべて近寄ってくる貴成に、それでも彩子は端整な顔を歪めて
イヤイヤをつづけた。
「隣にキヨさんがいるんです。声をあげたら、キヨさんが飛んでくるんです。先生、困るで
しょう？」

彩子の声は掠れ、肩が喘いだ。

「屋敷中に聞こえる声を出しても、誰もやってきやしない。みんな納得している」

本人が納得していないのに、なぜ、ほかのみんなが納得しているなどと言えるのだろう。

彩子は試しに大きな声を出してみようかと思った。しかし、そのあとのことを考えるとただ恥ずかしく、後じさることしかできなかった。

貴成との距離が縮まった。

「あう！」

抱きすくめられたとき、彩子の心臓は飛び出しそうになった。唇が塞がれた。

「く……」

彩子は友部に強引に唇を奪われたときや昨夜のように、キッと唇を閉じた。顔をそむけようとした。

貴成の舌が唇をなぞりはじめた。二、三周すると、唇のあわいに舌を差し入れようとした。

「うくく……」

彩子は力を抜くことができなかった。必死に貴成を押し退《の》けようとした。

唇が離れた。

「力を抜いてごらん。彩子の甘い唾液がほしいんだ。力を抜いて舌を絡めあって唾液を交換するんだ。そんなことから説明しなくちゃいけないのか」

強《こわ》ばっている彩子を見つめ、貴成は苦笑した。

「そんなことじゃ、朝まで寝せるわけにはいかなくなるぞ」

「お兄様のお葬式が済んだばかりなのに……今夜はだめ……先生……」

「兄が亡くなったから急いでるんじゃないか。仏間の隣の部屋で父や義姉と話したじゃないか。こうすることを兄が望んでいるんだ。まだ彩子にはわからないかもしれないが」

貴成はまた唇を合わせた。

彩子はやはり力を抜くことができなかった。一昨日まで貴成を異性と意識せず、信頼する助教授として手伝ってきた。結婚を承諾したあとでも、こんな状況にはついていくことができない。

「婚約者にキスもさせてくれないのなら、少しばかり乱暴に扱うぞ」

また苦笑した貴成は、彩子を抱いて布団に押し倒した。

「あうっ！」

汗を噴きこぼしながら、彩子は起きあがろうともがいた。けれど、貴成の躰を押し退けられるはずがなかった。

唇を奪おうとする貴成に、彩子はいっそう激しくあらがった。首を振り立て、手で貴成の胸を押しつづけた。

「しないで先生、まだイヤ！」

はっきりした拒絶の言葉だった。だが、キヨに聞こえないようにと、押し殺した声だ。

「処女は奪わないと言っただろう。どうしてそんなに暴れるんだ。いやじゃないだろう？　恥ずかしいんだな。そうだろう？　きのう風呂で全部見てしまったんだ。これ以上暴れるなら、くくりつけてから裸にするぞ。それでいいのか？」

いっそう激しく彩子はイヤイヤをした。

汗ばみ、頬を上気させ、おびえた目をしている彩子を見おろしていると、貴成のオスの本能は激しく燃え上がった。肉茎が反り返り、ひくついた。

「彩子、男のものが大きくなるのはわかっただろう？　きのうはソコにキスだけだった。今夜はもっとゆっくり愛してくれないか。それができるなら裸にするのはやめてもいい。どうする？　裸になる方がいいか」

「いや……どっちもいや」

彩子は子供のような口調で言うと、泣きそうな顔をした。

「よし、そういうことなら、まず裸にするぞ」

腕をひとつにして押さえつけたまま、貴成は彩子の浴衣の紐を解いた。

「いやいや。本当に……本当に声をあげます……先生、本当に」

必死に抵抗する彩子におかまいなく、貴成は胸元を割った。

「あう」

汗にまぶされた白い乳房が、ぽわんと弾み出た。美しい椀形の山の上に、ピンク色の小さな果実が載っている。色も大きさも控えめだ。

「きれいだ」

手首を頭の上で押さえつけられている彩子の鼻頭が桃色に染まり、みるみるうちに目が潤んでいった。

「見ないで……先生、お願い」

ついに彩子はすすり泣きはじめた。

「見ないで……見ないで……」

すすり泣きに合わせるように、乳房が揺れた。

「こんなにきれいなものを見られてどうして泣くんだ。おとなしくしてないと、今度はこの手をくくってしまうぞ。本気だ。わかったな？」

やさしい口調だが、決して抵抗することを許さないという命令でもあった。

片手で押さえていた手首を放した貴成は、両方の乳房をつかんで寄せた。

「いや……」

彩子は恥ずかしさと不安でじっとしていることができなかった。血液がドクドクと激しい音をたてて流れた。

「ここを愛してやると、乳首が堅くなってくるんだ。少しだけ沈んでいる乳首が、すぐに立ち上がってくる」

笑った貴成は、右の乳首を口に含んだ。

「くうっ！」

彩子の総身に電流が走った。反射的に胸を突き出した。

貴成は乳首を舌で転がしはじめた。

「んんんっ」

くすぐったさと快感のないまぜになった強烈な感覚に、彩子は貴成から逃れようと頭を闇雲に押した。貴成は石のように動かない。

コリコリしてきた果実を、貴成は唇にはさんでもてあそんだり舌先でつついたりした。果実は完全に堅く立ち上がっている。

「だめェ！　いやァ！」

これまで知らなかった感覚。総身の細胞のざわめきに耐えきれず、彩子はキヨのことなど忘れて大きな声をあげた。これ以上乳首を責められれば、自分がなくなってしまいそうだ。

貴成が顔を上げた。

「そうだ、遠慮なく声をあげていいんだ」

彩子は眉間を寄せている。わずかにひらいた唇のあわいから白い歯が覗き、いつになく誘惑的だ。

「もうしないで……」

彩子は浴衣を合わせ、乳房を両手で押さえて喘いだ。

「こんなことを毎日するようになるんだ。そして彩子はそのうち、自分からシテとねだるようになる」

「嘘！　そんなの嘘！」

「感じるのが恐いのか。彩子は感度がいいようだ。脚の間……」

貴成は思わせぶりに言った。

「彩子の大切なところが濡れているはずだ。乳首がコリコリとなっているんだ。濡れていないはずがない。見せてもらおうか」

まだ男を知らないだけに、そんな恥ずかしいところを見せられるはずがない。

彩子が暴れるのを予想して、貴成はふたたび彩子を体重で押さえ込んだ。そして、裾を割った。

「いやあ！」

下半身が嬲られたとき、彩子は羞恥に火照ってまた声をあげた。

彩子は浴衣の下にショーツをつけていた。貴成はそれをまず手でずり下ろした。だが、膝までしか手が伸びなかった。

「やめて。先生、いや。しないで。約束……約束したのに」

また彩子がすすり泣きはじめた。

「処女は奪わないと言っただろう。約束は守る。たとえ彩子が女にしてと頼んでも、まだ抱くわけにはいかないんだ」

「だったら……だったらもうしないで」

しゃくりあげはじめた彩子を見つめ、貴成はかわいい女だとあらためて惚れ込んだ。いっそ、たった今、彩子の躰を貫いてしまいたいほどだ。

「きのう見られなかったところをじっくり見たい。かわいい恥毛の生えているあたり、いつか彩子が子供を産むところを。まだ男を知らないソコを」

「いやいやいやいやいや！」

彩子はまた本気で暴れはじめた。

膝にとまっているショーツを足指を使って引き下ろした貴成は、片方の踝《くるぶし》から抜き取った。

育ちのいい彩子が、命がけでというほど激しく暴れ、手足を闇雲に動かしている。

結婚を承諾したのなら、相手の男におとなしく身を任せればいいものを、潔癖すぎるため、婚前のこんな行為も許せないでいる。いや、誰にも見せたことのないところを見られる羞恥に耐えられないのだ。

貴成は彩子の純潔を表しているような真っ白いショーツを手に取り、裏返しになっている舟底を眺めた。銀色に光る蜜が丸いシミをつくっている。

「ほら、お洩らししたように濡れてるぞ」

貴成は愕然としている彩子にそれを見せたあと、鼻に近づけ匂いを嗅いだ。風呂上がりのためほとんど淫靡《いんび》な匂いはなく、ほのかに立ちのぼるほっかりとした肌の匂いがする。

「いやあ！」

ショーツを奪い取った彩子は、信じられないという表情で貴成を見つめ、屈辱にわなないた。

「男は女のソコの匂いを嗅ぐと奮い立つ。女は男を誘う匂いを発するようにつくられているんだ。今度は風呂に入る前の彩子の匂いを嗅いでみたい」

貴成がそんな破廉恥なことを口にするとは思わなかった。ショーツを握りしめたまま、彩子は貴成から逃げようとした。

「だいじなところを見せてくれないのか。乳首をさわられて濡れているソコを見せてごらん」

ショーツを握っている彩子の手をつかんで引き寄せた。

「いやあ！」

「彩子、僕達は結婚するんだ。結婚するってことは、女と男がうんと恥ずかしいことをするってことだ。いつも隠しているところを見せ合ったり触れ合ったりして」

「いやいやいや。言わないで」

首を振り立てる彩子は、耳たぶまで真っ赤にしながら、貴成の言葉を恥じらった。それ以上言わせまいとした。

「今夜は彩子のすべてを見せてもらう」

「まだいや。許して」

「だったら、交換条件だ。見せるのがいやなら、僕のものを口で愛してもらう。キスだけじゃなく、口に入れてじっくりと舐めるんだ」

喉を鳴らした彩子は、目を大きくひらき、荒い息を吐いた。かすかにあいた唇が小刻みに震えた。

「フェラチオ。古くからの日本の言葉で言うなら尺八。男のものを口で愛することをそう言うんだ。女のアソコを男が口で愛撫するのはクンニリングス。言葉だけなら知ってるだろう？　最近は中高生でも知ってるかもしれない」

貴成は浴衣の前をはだけ、反り返っている肉茎の根元を片手でつかんだ。そして、呆然としている彩子の腕を引っぱった。

3

「さあ、咥えてごらん」

彩子は首を振った。

黒々とした茂みのなかから立ち上がっている太い肉の棒は、側面に血管を浮き立たせている。

男を知らない彩子にとって、ペニスはまだ小用を足すための排泄器官でしかない。だが、それはたちまち変化して恐ろしい姿になることが昨夜わかった。恐怖と性器を目にする恥ずかしさに、それを正視することができない。まして、口に含むことができるはずがなかった。

「男と女は心も裸にならないといけないんだ」

あぐらをかいた貴成は、彩子を半強制的に股間に引き寄せた。

「さあ、ひとつひとつマスターするんだ。押さえこんでこれを彩子のワギナに入れれば、すぐにでも打ち解けられるのかもしれないが、結婚まではできない村の掟がある。やさしく口で愛してくれないか」

熱い彩子の鼻息が貴成の太腿を濡らした。貴成に引き寄せられているものの、彩子は躰を退《ひ》こうと力んでいる。

「そうか、フェラチオはイヤか。だったら彩子のソコを見せてもらう」

あっというまに彩子を倒した貴成は、白い太腿を思いきり左右に押し広げた。翳りに囲まれたピンク色の女の器官があらわになった。

「いやあ！」

隣室に聞こえるような大きな声だった。

手をばたつかせて半身を起こした彩子は、すっかりまくれあがっている浴衣の裾を戻そうともがいた。けれど、太腿がひらいているだけに無理だと悟り、両手で割れ目を隠した。

「やめて。やめてください、先生」

「まるで他人のようじゃないか。リラックスして甘えてごらん。もう先生じゃないんだ」

「まだ……先生です」

彩子は恨めしそうにこたえた。

結婚など考えてもいなかった。貴成だけでなく、基一郎や琴絵にも熱心に乞われ、ついに決心したが、貴成の行為は性急すぎる。彩子には貴成の行為についていくだけの心の準備ができていない。

「これからふたりだけのときに先生と呼んだらお仕置きだぞ。手を離しなさい。ソコを見せるんだ」

「いやいや」

秘園を隠している手を動かせない彩子は、貴成につかまれている脚を離そうと身をくねらせた。

貴成の手が離れた。だが、それは彩子の着ている浴衣の紐を解くためだった。

簡単に紐を手にした貴成は、次に何が起こるか知った彩子が逃げようとしたとき、すでにその手をつかんでいた。

「いやあ！」

ひときわ高い声が彩子の口からほとばしった。

「納得いくまで彩子と話し合っていたら、すぐに朝になってしまいそうだからな」

穏やかな口調とは裏腹に、貴成は彩子の手をうしろにまわし、力ずくで手首をひとつにしてくくっていた。

意外な貴成の行為と抵抗できない恐怖に、彩子は総身から汗を噴きこぼした。

「これで少しはお利口さんになるはずだ」

上半身を起こしている彩子の肩を押した。

「あう！」

彩子はふたたび布団に仰向けに倒された。浴衣はひらき、乳房も秘園も丸見えになった。袖に腕を通したままなので、浴衣が躰を離れることはない。だが、いまや彩子をつつむ衣の役目は果たしておらず、敷物でしかなかった。

追いつめられた小動物のように彩子は怯え、焦っていた。

秘園を見られまいと、ギュッと膝をつけた。だが、翳りと乳房が隠せない。彩子はうつぶせになった。

すかさず貴成は、浴衣をグイッと肩胛骨《けんこうこつ》のあたりまでまくりあげた。

「いやあ！」

彩子の屈辱の声が響いた。

シミひとつない白い背中、くびれた腰から臀部にかけての美しい曲線。すらりとした脚。

銀色に光る汗がうっすらと浮かんでいる。芸術的な砂丘のようだ。細い肩のあたりに漆黒の髪が遊んでいる。

背中にまわった両手の紐を解こうと、彩子は躍起になって腕を動かしていた。そうすることで総身が微妙にくねる。女だけが持つやわらかく妖しい動きだ。

貴成は彩子の傍らに腰を下ろし、肩のあたりの髪を脇にやった。

それから、そこいらの邪魔な浴衣をずらし、うなじに唇をつけた。うなじから耳たぶあたりまで、何度も唇を這わせた。

「いや……あう……はああっ」

すぐに皮膚が漣《さざなみ》のようにさわさわと粟だってきた。

生あたたかい唇と舌が刷毛のように動いている。そこだけでなく、そこから手足の先の方にまで妖しい感触がひろがっていく。

彩子は躰を堅くしていた。だが、皮膚がそそけだったあとは、ふいに総身の力が抜けそうになる。

貴成は彩子を抱き起こそうとした。だが、彩子は全身を布団に強く押しつけ、動こうとしなかった。

「解いて。先生……解いてください」

彩子の声は震えていた。

「先生と言ったらお仕置きだと言ったはずだぞ」

彩子の両手の自由を奪っているので、その気になれば貴成の思いのままだ。ニヤリとして布団から彩子を引き剝《は》がした。

「だめェ！」

「お仕置きは、彩子の頭の先から足の先までの点検だ。じっくり身体検査するぞ」

「キヨさん！　キヨさん！」

屋敷に基一郎や琴絵やほかの手伝いの者がいるのも忘れ、彩子は大きな声をあげた。

貴成はひるまなかった。

「お呼びのようですが、入ってもよろしいでしょうか」

すぐに廊下でキヨの声がした。

「キヨに見せるか。彩子の裸」

「入ってもよろしいですか？　お邪魔いたしますよ」

またキヨの声がした。

「だめェ！　入らないで！」

彩子は恥ずかしい姿を見られる屈辱に、客間の方に顔をやって叫んだ。

キヨを呼べば貴成は怯《ひる》み、紐を解くかと思った。慌てると思っていた。だが、貴成はそんな素振りも見せない。

かえって彩子の方が怯んだ。大きな声をあげたことが恥ずかしかった。明日、どんな顔をしてキヨに会えばいいのか……。

「先生……やさしくして……くったりしないで……恐いことをしないで。お願い……」

鼻をすすりながら彩子はしゃくりあげた。

見知らぬ遠い土地。他人の家。貴成の理不尽な行為……。

おそらくここには自分を守ってくれるものは何もないのだ。やさしそうなキヨも基一郎も琴絵も、ただの他人なのだ。

「やさしくしてやろうというのに暴れるのは彩子じゃないか。おとなしくしていればくったりしやしないのに。脚を大きくひらいてごらん。ちゃんということが聞けるようなら解いてやる。できないなら、ずっとこのままだぞ」

いっそう激しくしゃくりあげながら、彩子は首を振り立てた。しかし貴成は、彩子がすでにあらがう気力をなくしているのを知った。

太腿を押しひらいた。尻たぼがくねった。だが、彩子はしゃくるだけで、閉じようとはしなかった。

「そうだ、いい子だ」

頭脳明晰で有能な、しかし、性的にはウブすぎる自分より十三歳年下の彩子が、貴成はますます愛しくなった。

真っ白い内腿が羞恥にぶるぶると震えている。彩子はしゃくりつづけていた。

貴成は秘園に顔を近づけ、ほっくらした肉饅頭の内側でぬめつくように光っているパールピンクの女の器官を眺めた。

二枚の花びらは閉じているが、まるで彩子の心を表すようにふるふると震えている。豪華なケーキを飾るクリームで作られた薔薇の花などとは比べものにならないほど可憐で、本物の薔薇の花より誘惑的だ。そして、うまそうだ。

二枚の花びらの合わさったところにある女の躰でもっとも敏感な果実、宝石のようなクリトリスは、まだ包皮のなかに隠れている。

花びらは閉じているが、そのあわいの一直線に下りている割れ目から、ゼリーのようなピンク色の粘膜が少しだけ覗いている。

貴成は親指で花びらをそっと左右にくつろげた。

「いやっ！」

恥ずかしさに汗ばんだ彩子は、尻を振って脚を閉じた。

貴成は力ずくで彩子の膝を分け、その間に躰を入れた。

彩子は脚を閉じられなくなってもがいた。両手は使えない。あらがうこともできないのだ。パニックになった。上体を起こそうとした。だが、うしろ手にくくられていては、思うように腹部に力が入らず、心持ち頭が浮いただけで元のままになった。

ふたたび貴成は指で秘唇をくつろげた。そして、秘園に顔がくっつくほど近づけ、思いきり息を吸い込んだ。

風呂上がりとはいえ、女の陰部特有のオス獣を誘う妖臭が貴成の鼻孔を刺激した。それはわずかな匂いにもかかわらず、十分に貴成を刺激した。すでに硬直している肉茎が、さらにグイッと反り返った。

「見ないで！　見ないで！　見ないでっ！」

秘園を見つめられている彩子は、首がちぎれるほど振りたくりながら声を上げた。それにいっそう刺激された貴成は、口中にたまっている唾液をゴクッと飲み込むと、美しすぎるきらめく器官を下から上に向かって舐めあげた。

「くうっ！」

生まれて初めてのクンニリングスに、彩子は眉間に深い皺を寄せて口をあけ、白い顎を突き出してたちまち絶頂を迎えて痙攣《けいれん》した。

花びらはぷっくりと肉厚になり、包皮に隠れていた肉芽がちょこんと顔を出し、合わさっていた花びらは咲きひらいている。パールピンクの粘膜と子宮へとつづく秘口がさらけ出され、秘口からトロリとした透明な蜜液が涙のようにしたたっている。シルクのような内腿と秘口は痙攣を繰り返していた。

今の衝撃は何だろう……。

彩子は光のように駆け抜けていった激しい快感に、不安になるほど大きく鼓動を高鳴らせていた。そんなところを見られ、口で愛された恥ずかしさに、死にたいほどの羞恥も覚えていた。

心も躰も自分のものでいてそうでないような、宙ぶらりんの彩子だった。

したたる蜜を貴成が舐めあげた。

「ああっ！」

たちまち二度目の火の塊が躰を駆け抜けていった。彩子の総身がエクスタシーに打ち震えた。あわあわとした唇のあわいから白い歯が覗いた。

絶頂に震えている彩子は、触れればこなごなに壊れてしまいそうに見える。それでも、蜜をあふれさせている秘芯に、貴成は堅くいきり立ったものを押し入れたいと思った。

それをこらえるのは苦痛だ。だが、式を挙げるまでは彩子を女にするわけにはいかない。

それが村の掟である以上、ここで獣欲のままに抱いてしまえば、一生彩子は貴成の妻になることはできない。

彩子は唇を震わせながら目尻から涙をこぼしていた。乱れた浴衣ごしに乳房を波打たせていた。

「彩子、見てくれ、こんなになってる。このままじゃ苦しいんだ。今度は彩子が口でしてくれるだろう？」

浴衣を脱ぎ捨てた貴成は、剛棒を握った。

だが、視点の定まらない目と半びらきの口をしている彩子には、まだ貴成の声は聞こえず、肉棒も見えなかった。

貴成は彩子を抱き起こした。

エクスタシーの余韻が徐々に冷めてきた彩子は、ふっと我に返って、口で愛された恥ずかしさにカッと汗ばんだ。堅く太腿を閉じ、顔をそむけた。

「彩子、口で愛してくれないか」

耳たぶまで真っ赤に染めている彩子を愛しいと思いながら、貴成は耳元でささやいた。

羞恥のため貴成の顔をまともに見られない彩子は、顔をそむけたまま小さくイヤイヤをした。

「昨日、風呂で僕のものにキスしてくれたじゃないか。その口で僕のものを愛してほしいんだよ」

昨夜のことは彩子から進んでしたことではなかった。成り行きでそうなっただけだ。太く堅く変化した男のものを口で愛するなど、まだ彩子には恐ろしいだけだ。

「彩子」

貴成の声に、彩子はまた泣きそうな顔をして首を振った。

「口じゃできないのか。じゃあ、手でしてもらいたいところだが、たとえ解いてやってもしてくれそうにないな。したことがないんじゃしかたがないが、今夜はどうしてもそのかわいい口でしてもらいたい。噛んだら、一生、僕は不能になってしまう。それより、死ぬかもしれないぞ」

脅しておき、仰向けにした彩子の口に肉棒を入れようとした。だが、彩子は口を堅く閉じ、目の前の太い肉茎を眺めておののいた。

肉棒はエラが張り、側面に血管が浮き出ている。亀頭から透明な液が少し滲み出している。彩子はそれがカウパー腺液だということを知るはずもなかった。

「咥えるんだ」

顔を歪めた彩子は首を振った。

「男と女はいちばん大切なところを指や口でもさわり合うんだ。みんなしてることだ。ほら、口をあけてごらん」

唇を堅く合わせ、鼻から荒い息を噴きこぼす彩子は、唇に押しつけられた肉茎に目眩がしそうだった。

「でき……ぐっ……」

できませんと言おうとした彩子の口に、すかさず肉棒が押し込まれた。彩子は吐きそうになった。

「じっとしててもいいから嚙むなよ」

彩子の顔を跨いでいる貴成は、腰を浮き沈みさせた。まだフェラチオの経験のない彩子の口戯では射精はできないかもしれない。ともかく、彩子が積極的にやってくれることは、今はまだ期待できない。

「くっ……」

顔の上で浮き沈みする肉棒。そして、タポタポと顎に当たる冷たい皺袋。口を閉じることもできず、彩子はただ喘いだ。

(こんなことをするなんて……。こんなものをオクチに入れるなんて……)

まだ未知の扉をひらいたばかりの彩子にとって、クンニリングスもフェラチオも恐ろしかった。うしろ手にくくられていることだけでも異常に思える。

（いやいやいや。助けて！）

出し入れされる太い肉茎に息が止まりそうになりながら、彩子は自分を見おろして腰を動かしている貴成に救いを求める目を向けた。

「ああ、いい……彩子、イキそうだ」

できるだけ口を閉じようとしている彩子だけに、唇のあわいの肉棒はギュッと締めつけられている。あたたかくやわらかい唇。この唇のように彩子の子宮へとつづく肉襞も、どんなに心地よいだろう。

一日も早く彩子を妻に迎え、あらゆる快楽を与えたい。そして、与えてもらいたい。まだ何も知らないウブな女はどんなに変身していくだろう。まだ本当の女の悦びを知らない彩子への愛しさが湧き上がってくる。

「彩子、イクぞ。飲んでくれ」

貴成はラストスパートに移り、ひときわ速い抽送《ちゅうそう》に入った。

「うぐ……ぐ……」

動けない彩子が苦しそうにしている。

「うっ！」

熱い白濁液が彩子の喉に向かってほとばしっていった。貴成の動きが停止した。

彩子は仰天した。何かが吐き出された。息をすると生臭い。飲み込めない。吐きそうだ。

「飲んでごらん」

射精の余韻から冷めた貴成が、肉棒を口から出して言った。

彩子は息を止めていた。恐ろしく不快な液体が口に満ちている。飲めるはずがない。必死に首を振った。

そうしているうちに、ついに我慢できず、ウッと吐き出した。手をくくられているために口元を押さえることもできなかった。

白濁液はシーツにべっとりとつき、彩子の口辺から顎にかけてもしたたり落ちていった。

「キヨ!」

貴成の大きな声に、彩子はハッとした。

「お呼びですか」

まるで外で待ちかまえていたように、キヨの反応ははやかった。

「シーツを替えてくれ。その前に、あたたかいタオルを持ってきてくれないか」

「はい、すぐにお持ちします」

キヨは部屋に入らないまま、襖越しに言った。

貴成は彩子の手をいましめている紐を解いた。

「いや。キヨさんを入れないで。どうして？　ね、だめ。だめ」

恥ずかしいことをしていたのが知られてしまう。まだ妻でもない女だ。たとえ妻だとしても、こんなことを他人には知られたくない。

「彩子が飲めなかったから汚れたんだぞ」

苦笑した貴成は、乱れている彩子の浴衣を直してやった。彩子はそんなことさえ忘れていた。キヨがやってくる。今はそれしか頭になかった。

落ち着いている貴成は浴衣を羽織った。

「失礼してよろしいですか」

「入ってくれ」

心の準備もできていないというのに、そんな彩子におかまいなく、貴成がキヨを入れた。

彩子は恥ずかしさに顔を上げられなかった。タオルを受け取った貴成が、彩子の顔を拭いた。

そうしている間にキヨはシーツを剝ぎ、布団も新しいものを出して整えた。

「私がお洗濯します」

キヨがシーツを持って出ようとするのに気づき、彩子は慌ててそれを奪い取ろうとした。

「めっそうもございません」

キヨが出て行くと、彩子は緊張から解かれ、わっと泣き伏した。あまりの恥ずかしさに、もう二度とキヨの顔など見られるはずがない。キヨを呼んだ貴成が口惜《くや》しくてならなかった。

「嫌い！　先生なんて嫌い！　帰して！　いやいやいや」

子供のように泣きじゃくる彩子を抱きしめ、貴成はそっと布団に横たえた。そして、子供を寝かせるときのように、黒髪を撫でてやった。

理不尽なことをした貴成が、まるで母親のようなやさしさで寄り添っている。そのやさしさにつつまれると、この胸にしかすがれないのだという気もしてくる。愛されているのだとも思える。それでも、得体の知れない祭領地家に対する不安は、すぐに解消されるわけでもなかった。

三章　処女診察

1

「どうして……？」

「そういう決まりだからだ」

「でも……」

「もう僕に見られたからいいじゃないか」

「いや。ね、いや」

　祭領地村と縁がある医師が都内で開業していると貴成は言った。そして、村で式を挙げる前に、その医師のところへ行って診察してもらわなければならないとも言った。

　けれど、健康な彩子は診察してもらう必要はないと言い張った。

病院さえない村に越していくのだから、今のうちに健康診断をしておく方がいいというのはわかる。だが、女医ではないと聞き、上半身を見られるだけでもいやだった。

「ともかく、結婚するには診断書がいるんだ」

「診断書……?」

結婚前に血液検査をして互いに病気がないことを確かめ、大手を振って入籍するというカップルの話を聞いたこともある。しかし、そういうものをもし貴成が欲しがっているとすれば、信頼されていないようで哀しい。

「私……変な病気なんかはないわ……だって、まだ先生とだって……」

彩子は村から帰ってきてからも、つい先生と呼んでしまう。

「わかってる。だけど、行くんだ。明日の午後、病院は休みだが、診てくれるということになった」

笑みを浮かべながらも、これ以上話す必要はないと言うように、貴成はきっぱりと話を打ち切った。

貴成は学長に乞われ、しばらく錦ヶ淵女子大に残ることになった。挙式後は、ウィークデーの前半の四、五日を東京で暮らし、週末を祭領地村で過ごす生活になる。

「先生」

「先生じゃないと言っただろう？」

「貴成さん……」

彩子は恥じらうように口にした。

「仕事をつづけるなら、私が村に行くことはないでしょう？　先生の……貴成さんのお部屋で暮らすのが自然だわ。そうでしょう？　毎週、東京と村を往復するなんて、そんなこと、ずっとつづけられるはずがないわ。躰が参ってしまうわ」

結婚してすぐ、舅《しゅうと》や義姉のいる家にひとり残されるのは心細い。貴成の躰を思ってのような発言をしたが、彩子は自分のことが不安だった。使用人のキヨにどんなふうに思われているか、それも気になっていた。

「兄貴の葬式のときのように、自分で運転なんかするつもりはないし、何も心配しなくていいんだ」

貴成は彩子を引き寄せて唇を塞いだ。

つい二、三日前までの彩子は受け身で、唇を塞がれても肩に力を入れてしまい、ただじっとしていた。貴成が舌をこじ入れて唾液を吸っても、決して自分の舌を動かすようなことはしなかった。

それが、今はチロチロッと遠慮がちに舌を伸ばしてくる。唾液を絡め取ろうとはしないが、貴成の口のなかをまさぐることは覚えた。

貴成はとろけそうなほどやわらかい彩子の唇を舌先でまんべんなくなぞると、歯列と唇の間の溝を舐めまわした。

「うくっ……」

貴成の背中にまわしている腕を、彩子は思わずギュッと締めつけた。

彩子が感じているのがわかる。貴成は執拗に唇の裏側を舐めまわした。

目を閉じている彩子は切なそうな顔をして、鼻から湿った息を噴きこぼしている。ときどき喘ぎが洩れる。その声に貴成は単純に昂ぶった。肉茎がクイクイと反り返った。

キスを続けながら、彩子の手を握って股間に導いた。

手がズボン越しに堅いものに触れたとき、彩子はビクッと手を引いた。その手を貴成はまた捕まえ、肉根に戻した。

まだ積極的に何もできない彩子だ。貴成は自分の手を彩子の手に載せ、ゆっくりしごきたてた。彩子の鼻息が荒くなった。

「こうやってしごくんだ。手でしごく。口でもしごく。やってごらん」

唇を離した貴成は、熱っぽく潤んでいる彩子の目を見ながら服を脱いだ。

まだ彩子は男の裸にも慣れることができないでいる。恥じらいを含んだ顔をついそむけてしまう。

「手でしてごらん」

つっ立ったままの彩子をひざまずかせた。

貴成の股間のものは、腹につくほど雄々しく立ち上がっている。見てはならないものを見てしまったというように、彩子はやはり顔をそむけた。

「見るんだ。どんな色をしている？　どんな匂いがする？　どんな形だ」

彩子の手に肉茎を握らせた貴成は、離れないようにその上からがっしりとつかんで尋ねた。

「さあ、どんな色だ。形は？　匂いはどうだ」

答えられるはずもない。彩子は喉をコクコクと言わせながら、鉄のように堅い肉棒を掌に感じていた。

口をあけない彩子に根負けしたように、貴成は自分の手を上下に動かした。そして、手を離した。

彩子は自分から手を動かそうとしない。ギュッと肉根を握りしめた手にねっとりと汗をかいている。息を止めたように身じろぎもしない。

「まだ彩子のなかに入ることができないんだ。何度も言っただろう？　こうやって大きくなっているときは苦しいんだ。射精したくてたまらないんだ。だから、手や口でしてほしいんだ。どうしたら射精できるか、もうわかっただろう？　それとも、僕に対する愛情が湧いてこないのか……？」

彩子は慌ててかぶりを振った。

村にどんな掟があるか知らないが、一線を越えてもおかしくないときがあった。貴成がその気になれば力ずくで犯せるときは何度もあった。今もそうだ。だが、貴成はそうしない。それがかえって貴成の深い愛とわかるだけに、布や和紙がじわじわと水を吸っていくように、彩子の貴成への思慕は日に日に深まっていた。

今では、この人以外に生涯の伴侶はいないと思っている。それが、愛情が湧いてこないのかなどと、やや沈んだ口調で言われてみると、切なくてたまらなくなる。

（好き……）

そう口に出そうとして言葉にすることができず、自分の気持ちを伝えようと、彩子はおそるおそる肉棒を握っている右手を動かした。

向こうにやるとつるつるした亀頭が顔を出し、こちらに持ってくると亀頭が皮にすっぽりと隠れてしまう。そして、しごいているうちに、亀頭の先の鈴口から透明液が滲んでくる。

不器用に、それでも必死に手を動かしているとわかる彩子を見おろしながら、貴成はやがて彩子が巧みな動きで男を悦ばせるようになるのだと思った。今のウブで不器用な彩子を覚えていたい。サナギから蝶に変身する彩子を見守っていたい。

「できるじゃないか。今度は口でしてごらん。根元の方を握ってごらん。そして、それを咥えて顔を動かせばいいいんだ」

彩子の乳房がブラウス越しに喘いだ。

貴成はためらっている彩子の頭を両手で引き寄せ、亀頭まで近づけた。

「さあ、してごらん」

今度は頭を両側から握るようにして腰に近づけた。

「く……」

むりやり肉棒を咥えさせられた形になり、一瞬、彩子が噎《む》せた。

「こんなふうに……ほら、自分でしてごらん」

最初だけ頭を持って動かし、そっと離した。

手を動かす以上に不器用に彩子のフェラチオがはじまった。唇をどうすればいいか、舌をどうすればいいか、何もわからず、ただ肉棒を咥えて頭だけ前後に動かしている。

まだ男を知らないその動きを見ていると、貴成の心は満たされた。だが、射精には至らない。

「もっときつく唇を閉じてしごいてごらん。舌を動かして。舌で側面や亀頭を舐めまわすんだ」

　何とか言われたようにしようとしている彩子だが、すぐにうまくなるはずがない。それでも、鈴口あたりを繰り返し舐めまわされていると、徐々に射精のときが近づいてくるのがわかった。

「イクぞ」

　彩子がだいじなときに逃げないように、貴成は揺れていた小さな頭をつかんだ。そして、自分で腰を動かした。

「うっ……」

　多量の白濁液が彩子の喉元めがけてほとばしっていった。

「くっ……」

　あの生臭い液を注ぎ込まれ、彩子の総身がカッと汗ばんだ。

「飲むんだ」

　彩子は眉間に皺を寄せながら首を振った。

「きょうは許さないぞ。全部飲むんだ」

　肉棒を唇のあわいから抜きながら、貴成は命じた。泣きそうな顔をして彩子がかぶりを振った。立ち上がり、テーブルのテッシュを素早く引き抜き、吐き出した。

「彩子！」

いつにない咎《とが》めるような背中の声に、彩子は目尻に涙をためたまま振り返った。

「できない……まだできないの」

鼻頭をピンク色に染めて訴える彩子は、いやだとは言っていない。まだできないと言う言葉に、貴成は納得するしかなかった。

「今度は飲めるか？」

彩子はハイと言うこともできず、そっとうつむいた。

「彩子が口でしてくれたから、僕もソコを舐めてやろう」

「いや」

彩子はあとじさりながらスカートをギュッと押さえた。

「食べてほしいだろう？」

「いや。まだいや」

長い間、先生と呼んできた男に、何もつけていない秘園を見られ、口でさわられることは恥ずかしすぎる。そんなことを恋人が、あるいは夫婦がしているなどとは思いもしなかった。

「まだ……だめ」

彩子はますますスカートを押さえる手に力をこめた。

「じゃあ、見せてごらん。見るだけだ」

「だめ。まだだめ……」

「いちどキスされているくせに」

苦笑した貴成は、それ以上のことをしようとはしなかった。

2

翌日、貴成に付き添われ、彩子はそのクリニックに行った。

産婦人科という看板の字が目に入ったときはギョッとしたが、小児科という字も並んでいるのにホッとした。

「そうか、この人が貴成さんの……」

白髪混じりの恰幅《かっぷく》のいい大路《おおじ》医師は、彩子を感慨深げに眺めた。普段着だ。彩子はいっそう診察されるのが恥ずかしくなった。

もしレントゲンを撮られるのなら、金具がついていない限り下着のままでもかまわない。彩子はできるだけ肌を晒《さら》さなくて済むようにと、気を使ってきた。

病院ではなくクリニックなので入院患者もいない。休日なので看護婦もいないようだ。

「葬式に行けなくなるとは思いもしなかった。妻だけで申し訳なかった」

「とんでもないです。先生の方も急患で大変だったとか」

「大変と言っても、大変な患者は大きな病院に移す。それが大変だったということだ。昔からの患者だから、ついててやりたくてね。来月にでも時間を作って墓参りには帰るつもりだ。四十九日を過ぎるかもしれないいな」

診察室で、ひとしきり貴成と大路の話は弾んだ。

「じゃあ、診てみようか。そこのカーテンの向こうの籠に、脱いだ下穿《したば》きを入れて台に乗って。スカートはそのままでいいから。もちろん、ストッキングも脱いで」

大路が穏和な医者の顔で言った。だが、彩子はたちまち火照った。

簡単な健康診断をされると思ってやってきた。だが、大路は下穿きを脱ぐようにと言った。ショーツを脱ぐ……。そして……。

彩子は目を見ひらいたまま貴成を見つめた。

「どうした、聞いただろう?」

(そんなこと……聞いてないわ……貴成さん、何も言わなかったじゃないの……)

彩子はそう叫んでクリニックから飛び出したかった。

「内診台ははじめてなら戸惑うかもしれないが」

大路が笑みを浮かべた。

内診台がどんなものか、カーテンの向こうのそれを見ていない彩子には、まだ具体的にはわからない。だが、女の器官を見せなければならないのはおぼろげながらわかる。いくら大路が医者とはいえ、貴成にもなかなか見せられない秘園を他人に晒すことになるなど彩子は考えもしなかった。

「休日に先生が出てきてくれてるんだ。待たせちゃ悪いだろう。行きなさい」

「でも……」

パニックに陥りそうになりながら、次に彩子は大路を見つめた。

「私……何にも悪いところはないんです。だから」

「ああ、健康そうだ。だけど、診察してからしか診断書は書けないだろう？」

ここまできた以上、貴成の手前もあり、クリニックを出ていくわけにはいかない。けれど、心臓が恐ろしく高鳴っている。泣きたいような衝動に駆られながら、彩子はやむなく椅子から立ち上がった。

カーテンの向こうには、一方がU字形にくり貫かれたような黒い診察台があった。初めて見る台にチラリと視線をやった彩子は、それより下着を入れる籠の方に心騒いでいた。

（いや……どうして……？）

他人に秘園を見せるということは、健康な彩子にとって、ただ屈辱のようにしか思えない。

「準備はできたかい？」

大路の声に、ためらっていた彩子は汗をこぼした。

「まだ……すみません……まだです」

来院する前にシャワーを浴びておいてよかったと、それがせめてもの救いと思うしかない。

彩子はストッキングを脱ぎ、大きく息を吐いたあと、白いショーツを踝から抜き取った。

それを籠に入れることさえ恥ずかしい。手にしていたハンカチをかぶせた。

それから台に上がることになったが、身長に対して短すぎるような台に、どうしていいかわからない。

「もういいかね？」

大路の声がした。

「あの……どうすればいいのか……」

彩子の声は消え入りそうになった。

白衣を羽織った大路が内診台の前にやってきた。

「上に乗って」

事務的な口調だったが、彩子は緊張しながら台に乗った。

「そしたら、ここに足を載せて」

足元のU字にくぼんだ台の両側についている足台を指され、彩子は血が逆流するようだった。おかしなものがついているとは思ったが、まさか、それに足を載せるとは思わなかった。そこに足を載せれば必然的に太腿は大きくひらき、秘園が丸見えになってしまう。

羞恥に汗が噴き出した。

「スカートは邪魔にならないように、うんとまくり上げて」

大路の穏和な声も、彩子を安心させることにはならなかった。足台に載せる足がブルブルと震えた。

「お尻を上げて」

フレアースカートが白い臀部の下にあるのを見て、大路はそれを背中の方に押しやった。そして、まだ秘園を隠しているスカートを、腹の方にまくり上げた。彩子の総身が硬直した。隠すものもなく、股間をすっかりVの字にひらかれてしまった。

「お腹のあたりにカーテンがあって、こちらの顔が見えないようになっているところが多いんだが、僕は患者さんの顔を見ながら話すんだ。だから、カーテンはないよ」

緊張のあまり、彩子はおかしくなってしまいそうだった。

楚々とした逆二等辺三角形の漆黒の翳り。うっすらと翳りを載せた大陰唇。その内側で二枚のピンク色の花びらは、まだしっかりと閉じている。内腿が怯えと羞恥で震えている。明るい光の下に晒された紫苑色《しおんいろ》のアヌスは、キュッとつぼみを閉じていた。

性の器官も排泄器官も無防備に晒され、なすすべもなく彩子は横たわっていた。

「震えているけど寒くはないだろう？　最初のときはそういうものだ。だけど、女は妊娠すると強くなる。子供を産むともっと強くなる」

大路が笑った。

「貴成さん、ここに来て、彩子さんの手でも握ってやったらどうだ。どうせ看護婦もいないんだ」

彩子はイヤと言おうとしたが、声にならなかった。

貴成はすぐに彩子の足元、大路の横にやってきた。

彩子は膝をつけようとした。

「リラックスして。大きく息を吸うといい」

大路の手が彩子の膝を容赦なく左右に分けた。いっそう彩子の震えが大きくなった。

「きれいな性器だ。見飽きることはないだろう？」

大路はまだ足元にいて秘園に視線を向けている貴成に尋ねた。

「実は昨日も見せてくれなかったんですよ。こうして見るのはまだ二度目です。彩子は恥ずかしがりやで」

死ぬほど恥ずかしい格好をしている足元で、貴成と大路はいっそう羞恥を誘うような会話をつづけた。彩子の総身が熱くなり、みるみるうちに朱に染まっていった。

「このごろはみんな大胆になってきた。恥ずかしがりやということはけっこうなことだ。主様もさぞ気に入ってくださっているだろうな。どれ、ちょっと見せてもらうよ」

診察用の薄いゴム手袋をした大路は、うっすら恥毛を載せている外側の肉の丘を割った。

「あ……」

彩子はキュッと拳《こぶし》を握った。

左右に引っ張られた陰唇に、閉じていたピンク色の花びらもほころんだ。ねっとりとした透明感のあるパールピンクの粘膜が現れ、子宮につづく秘口が恥じらうようにひくついた。

「だめ……貴成さん、だめ」

ようやく彩子は掠れた声を出した。

「まな板の鯉だぞ」

貴成は大路のすぐうしろで、肩ごしに彩子の秘園を見つめながら笑った。晒しものになっているようで耐えきれず、彩子はまた膝を合わせようとした。

「動くと終わらないよ」

大路は肉芽を隠した包皮を指先でチョンとつついた。

「あう！」

たちまち彩子の腰が跳ねた。そして、透明液がわずかに秘口からあふれた。

「感度もいい。上等だ」

いたずらをした大路は、次に花びらを二本の指で大きくくつろげた。口を半びらきにした彩子の尻がもじついた。

秘口のすぐ近くで、小さな穴のあいた処女膜が光っている。今は経血が出てくるためだけに使われている膣。処女膜の小さな穴をくぐり抜けて出てくるが、まだ男を通したことのない純潔の薄い膜だ。

「タンポンは使うの？」

「いいえ……」

そんな質問に答えるだけでも彩子には恥ずかしかった。

「じゃあ、僕の指も入らないかもしれないな。力を抜いてごらん」

大路の中指が女壺に押し込まれようとした。

「あう、痛い……」

彩子は腰を引こうとした。

「生理は順調だね？」

「はい……」

「だったら、器具を入れるのもやめておこう。中を診るのはあとでもいい。ヒーメンさえ確かめればいいんだ。中を洗う必要もないだろうから、これでいい」

大路が太腿の間に置かれた椅子から立ち上がると、貴成が代わりにそこに座り、あっという間に花びらを舐め上げた。

「んんっ！」

唐突な行為に彩子はもがいた。貴成はかまわずむしゃぶりついた。

「くうっ！」

またたくまに彩子は絶頂を極めて痙攣した。内診台の上で白い尻がトントンと跳ね、秘口がひくつきながらとろとろと蜜液をあふれさせた。

秘口から流れ出した銀色の蜜は、会陰をつっと伝い落ちた。その蜜を味わうために、貴成は会陰から花びらに向かって舐め上げた。

「ああっ！」

無防備な体勢の彩子は秘園を生あたたかい舌で舐められても、どうすることもできなかった。エクスタシーに心臓が激しい音をたてている。太腿がブルブルと震えた。急上昇した体温で、すぐに汗まみれになった。

「いやっ！　だめっ！」

彩子は声を殺しながら、貴成の頭を手で押しのけた。

貴成は太腿をグイと押しやったまま、ペチョペチョと猥褻《わいせつ》な音をたてて、ベトベトになっている器官を舐めまわした。

「んんっ！」

次々と押し寄せてくる絶頂の波に、彩子はついに声を殺すことができなくなった。

「ああっ！　いやっ！　いやあ！」

大路のことなど考えている余裕はなかった。かつてない激しいエクスタシー。次々と襲ってくる大波。繰り返し躰が浮き上がって、どこかちがう世界に放り出されるようだった。

クンニリングスを知ったのは、貴成の兄の葬式の翌日だった。そして、今は二度目のクンニリングスだ。自分の指で慰めたこともないだけに、刺激が強すぎて自分を失ってしまいそうだ。

彩子は絶頂のたびに内診台で跳ねていた。乳房を波打たせて総身をくねらせていた。足を載せている足台が音をたてて揺れた。足指の先までピンク色に染まっていた。

「お楽しみ中に邪魔して悪いが、診断書ができたぞ」

「いやあ！」

大路の出現に、彩子は首を振り立てた。

貴成が秘部から顔を離した。蜜で口辺がねっとりと光っている。

大路は貴成の行為を非難するでもなく、大きめの手鏡を持ってくると、屈辱に身を震わせている彩子の太腿の間に持っていった。

「起こしてあげてごらん」

貴成にそう命じ、心も躰も興奮しきっている彩子の上半身を起こさせて、充血してぼってりとふくらんでいる花びらと、包皮から顔を出しているパールピンクの小さな肉芽を映した。

足台に載ったままの足を動かすことができず、彩子はあまりの羞恥に気が遠くなりそうだった。

「ほら、オーガズムを感じたあとはこうやって、女の小陰唇は充血してふくらむ。クリトリスも同じだが、バルトリン腺がここにあって」

大路は小陰唇の下の方の内側の左右を指した。だが、彩子は自分でそこを覗いたこともなく、まして、大路と貴成の見ている前で、じっくりと恥ずかしい器官を見つめられるはずがなかった。

「このバルトリン腺はヌルヌルしたものを出す。興奮すると出てくるのは知っているだろう？　こんなにヌルヌルがたくさん出ている。いいことだ。もういいかい？」

彩子に尋ねた大路は、鏡を戻した。そして、備えつけのティッシュで蜜液を拭き取った。

「あ……」

また彩子の腰がビクリとした。

「さあ、もう下りていいよ。彼との続きは別のところでするんだな」

穏和なままの大路が内診台を離れた。

貴成は呆然としている彩子の唇に軽く唇を重ねた。彩子の可憐な唇はふるふると小刻みに震えていた。

「下りられるか？」

下半身を剝き出しにしたままの彩子は、羞恥と屈辱の大きさに顔を覆った。近くにいるはずの大路を意識して、声を出さずに、ただ首を振り立てた。

どうやって内診台から下り、下着をつけたのか覚えていなかった。大路の顔をまともに見ることはできなかった。鼓動は高鳴りつづけていた。

「さあ、これが処女の証明書。祭領地家の奥方になるには必要な診断書だ。主様に渡すんだ」

渡された診断書を処女の証明書と言われ、それだけでも顔が赤らむ。これを貴成の父親に渡すのだと知り、彩子の血がふたたび屈辱にたぎった。

処女でなければ貴成の妻になれないと聞いている。けれど、内診台にまで乗せられて検査されたのが納得できない。疑われていたのだろうかとも思ってしまう。とうに貴成は彩子が処女だということを納得していたのではなかったか。信じてくれていたのではなかったか。

ふらつく足どりでクリニックを出た彩子は、貴成に抱かれるようにしてマンションに戻った。

自分の部屋に入ると、張りつめていた糸がプツッと切れた。

「いやあ！　いやいやいやいや！」

こらえていた恥ずかしさや貴成への口惜しさが、心の奥から一気に噴き出した。

激しい嗚咽《おえつ》が広がった。

「嫌い！　嫌い！　いやっ！」

貴成の胸を叩いた。駄々っ子のように身をゆすって泣いた。

「女はみんなあそこに乗るんだ。子供を産むときだってあの先生にお願いすることになる。そんなに泣いたらおかしいだろう」

「あんなところで変なことするなんて。あの先生にはもう会えないわ。貴成さんが悪いの。いやっ！」

まだ男も受け入れたことがない彩子にとって、内診台で女の器官を他人に見られることがどれほど恥ずかしいことだったか。脚をひらいているだけでも死にたいほどだった。それを、診察を終わったあと、貴成は口でそこを舐めまわしたのだ。大路がそばにいることがわかっていながら……。

大路は今ごろ、どんなふうに思っているだろう。クリニックであんなことをした貴成と声をあげた彩子を笑っているだろうか。

「ああ、いや」

彩子はまた顔をおおって首を振り立てた。

「ああいうことにも、少しは慣れておかないと」

「いやっ！」

「躰を愛されて女の悦びを知るようになれば、彩子はもっと恥ずかしいことをシテとねだるようになるはずだ」

彩子は打ち消すように首を振った。

「心と躰で感じることがどんなに素晴らしいことか、そのうち彩子にもわかるようになる。恥ずかしいことをされるだけで感じるようになるんだ」

また彩子は首を振った。貴成を愛するようになっている。だが、普通の結婚とちがい、貴成との婚姻には何か恐ろしいものがひそんでいるような気もする。

漠然としている祭領地家。漠然としている村の掟。よそ者があの村で過ごせるだろうか。

彩子はクリニックで恥ずかしいことをした貴成への口惜しさから、いつしか結婚への不安におののいていた。

「恐い……恐いの……私をひとりにしないで」

涙に濡れた顔を貴成に向けた彩子は、はじめて自分から唇を求めていた。

3

村の家々には紅白の幟が立てられている。貴成の兄、貴基の死を哀しむ白い幟がはためいていたときとはちがい、貴成と彩子の婚姻を喜ぶ村人達の気持ちが伝わってくる。

白無垢に角隠しの彩子は、かつて切り通しで迎えてくれた六十半ばの八助と、体格のいい三十歳前後の勇吾をはじめ、ずらりと並んだ村の衆、外から駆けつけてきた村の関係者達に見守られ、祭領地家の大広間の金屏風《びょうぶ》の前で三三九度の盃を交わした。

(とうとう来てしまったのね……貴成さんの妻になったのね……)

羽織袴の貴成は、いつもよりいっそう頼り甲斐がある男に見える。それでも、彩子には喜びより、まだ不安の方が大きかった。

代々村に伝わっているという踊りや歌が次々とふたりの前で披露され、酒が酌み交わされた。

全員の前に祝いの膳が並んでいる。上等の漆塗りの膳に漆塗りの器。すべてに祭領地家の紋が入っている。

祝いは三日もつづくという。客達はそのまま酒宴をつづけるが、夕方になると彩子はキヨに促され、貴成とともに席を立った。

客への気遣いだけでなく、白無垢では膳のものをまともに食べられるわけもなく、別室にふたつの膳が用意されていた。

髪に挿されたいくつもの鼈甲《べっこう》の簪《かんざし》をキヨが抜いた。

「窮屈で重うございましたでしょう」

打ち掛けを脱がせ、帯を解いて掛下も脱がせたキヨは、いったんそれをたたんだ。

「お風呂上がりのお着物は用意いたします。くつろいでうんとお食べなさいませ」

キヨは白無垢を捧げ持つようにして出ていった。

白く光る絹の長襦袢《ながじゅばん》だけになった彩子は、躰が軽くなったようでほっとした。

「お腹が空いているはずなのに、何だか喉を通らないわ……こんなにご馳走なのに」

「無理してでも食べないと、今夜は眠れないぞ」

「またあそこに座っていなければならないの？」

「もうあそこには行かなくていい。だけど、今夜は大事な初夜だから」

貴成の言葉に彩子はコクッと喉を鳴らした。ポッと瞼が染まった。

今夜、女になる……。貴成に愛される……。恥ずかしさと未知の行為への不安が彩子の胸を掠めていった。

「食べたら風呂だ。全部きれいに洗ってやる。隠れたところも全部だ。だから、早く食べなさい」

彩子はますます箸を動かせなくなった。


湯船の湯がこぼれんばかりに張ってある。

とうに裸になっているはずの彩子が、なかなか湯殿に入ってこない。

「早くおいで」

貴成は恥じらう花嫁を脱衣場に迎えに行った。

他人のようにタオルで前を隠し、彩子は湯殿に入ろうか入るまいかと迷っているときだった。

「キヨに洗ってもらった方がいいのか？　呼んでやってもいいぞ。僕がいないときはキヨが背中を流してくれるはずだ」

腕を引っ張って湯殿に誘い込んだ。

高島田を解いて髪をひっつめにしている彩子は、卵形の顔を少しうつむけて洗い場に片膝をついた。乾いた躰に湯をかけようとすると、貴成が横から手桶を取って背中にかけた。

シルクのようにすべすべの肌が、さっと湯をはじいた。

「こっちを向いてごらん」

「自分でします……」

背中を向けたままの彩子を力ずくで自分の方に向けた貴成に、張りつめた乳房がぽわんと揺れた。二十三歳まで処女を守ってきた彩子の躰は透けるように白い。

貴成がふたつの乳房を手でつつむと、逃げるように彩子の肩がくねった。

貴成はタオルに石鹸をつけて泡立てると、震えているような乳房をまず洗おうとした。

「あう……自分でします」

タオルを奪おうとする彩子をいさめた貴成は、いまだに肌を見せることにためらいを見せる新妻をかわいいと思った。そして、村の掟にのっとって進められるこれからの初夜の儀式に、彩子がどんな反応を見せるか、不安と昂《たか》ぶりでいっぱいになった。考えるだけで肉棒が反り返ってくる。

　ひくつく肉茎に気づき、彩子が汗ばんだ。

「そこは……そこだけは自分で洗います」

　臍《へそ》から秘園へ下りようとしているタオルを、彩子は慌てて押しとどめた。

「もうわがままは許さないよ。立ってごらん」

　やさしいなかにも頑として譲らない響きがあった。彩子は乳房を波打たせながらよろりと立ち上がった。

「脚をひらいて。手は僕の肩に置いて」

　わがままは許さないと言っただけに、貴成の口調は前より強い。

　そろりと両肩に手を載せた彩子は、遠慮がちにほんの十センチほど脚をひらいた。それを、貴成が踝を握って肩幅ほどにグイとひらいた。極上の絹地のようなきめ細かな内腿がブルッと震えた。水を含んだ翳りからしずくがしたたっている。

「今晩、彩子は女になるんだ。わかるだろう？　ここはうんときれいにしておかないと」

　翳りにシャボンを立てた貴成は、そのシャボンを指で掬《すく》い、肉芽や花びらを揉みほぐすようにして洗った。

「あん……あ……」

鼻にかかった声を洩らしながら、彩子は洗い場につけている足指をキュッと曲げた。貴成の肩を知らず知らずのうちにギュッとつかんでいた。腰がもじついた。おかしな気持ちになってくる。

「あん……おしまいにして……もう……あう」

会陰からうしろのすぼまりに向かって指がすべったとき、彩子の尻がくねっと妖しく揺れた。

石鹸とはちがうぬめりが貴成の指をヌルヌルにしている。まだ男を知らない彩子でも、感じるとこうやって蜜をしたたらせて濡れる。これから彩子は、特別に選ばれた祭領地家の嫁として、もっともっと肉の悦びを覚えていくのだ。

「そんなに動いたら洗えないだろう。うしろのつぼみもきれいに洗っておくんだ」

アヌスを指が這うと、くすぐったさとズクリとする妖しい感覚が総身にひろがっていった。

とうとう足指の間まで丁寧に洗われ、彩子は貴成のやさしさに切なくなった。信頼する助教授だった貴成に結婚を求められ、思わぬ成り行きでここまできてしまったが、最初は異性に対する愛情はなかった。どうしても仕事関係の相手としか見ることができなかった。会社でいえば部下と上司。あるいは社長と秘書。その関係で信頼する相手でしかなかった。

結婚を承諾してから、恥ずかしいことが何度もあった。そのすべてが甘い思い出だ。

貴成の兄の葬式の日、この風呂場で裸体を見られてしまったこと。はじめて異性に見られた肌。そして、この屋敷のひと部屋で秘園を口で愛されたことや貴成の肉棒を口に含まされたこと。そして、東京のクリニックで内診台に乗せられ、恥ずかしい姿になって診察されたこと……。

思い返すと何もかもが切ない。そんななかで貴成をいつしか異性として確実に愛しはじめ、この世でいちばん頼りになる男として恋焦がれるようになっている自分がここにいる。

「貴成さん……」

彩子は掠れた声を出した。

「私……もう祭領地彩子なのね……」

「そうだ。今度は彩子を欲しがって大きくなってるものを洗ってくれないか」

腰を突き出され、彩子は喉を鳴らした。だが、これまでとちがい、もう顔をそむけることはなかった。

こんな太いものに貫かれるのかと思うと恐ろしい。けれど、貴成の躰なのだと思うと、三三九度を交わしただけで愛しさが増している。肉茎を握るとき、まだ平静ではいられない。それでも、きれいに洗ってやりたいという気持ちがふつふつと湧いてくる。

彩子の手の中で、肉棒はそこだけ別の意志を持った生き物のようにクイクイと首をもたげた。そして、かすかな透明液を鈴口から滲ませた。

「大事なものが入ってる袋も洗ってくれないか。男はそこも感じるんだ。まあ、これから少しずつ覚えていくことだ」

これまで皺袋をさわったことがないだけに、彩子は勇気を出して掌に載せてみたものの、グニュリとした感触にハッとして、思わず手を引いた。

貴成が笑った。

「彩子、祭領地家には祭領地家のしきたりがある。村の掟もある。それに従うこと。従えばきっと幸せになれる。三三九度の盃は、ここのすべての掟に従うという約束でもあるんだ。わかるね？」

結婚してここの人間になるからには当然のことだ。そんなことは言われなくてもわかっているのにと、彩子はすぐにコクッとうなずいた。

風呂から上がると、いかにも初夜のためというような、真っ白い絹の長襦袢が用意されていた。一面の青海波《せいがいは》模様に鶴があしらわれている。伊達締めも白だ。ほかには何もない。風呂に入る前に脱いだ湯文字や肌襦袢も消えていた。

汗をかいた下着を持って行かれたことに彩子は困惑し、羞恥を覚えた。

「お洗濯物、持っていくなんて……何か言ってくれたらいいのに」

口惜しい気もして、彩子は貴成にそう言った。

「これから、洗濯は手伝いのものがする。彩子は洗濯も炊事もしなくていいんだ」

「そんな……下着をほかの人にさわられるのはいや……」

「慣れるさ。義姉さんもそうしている。そんなことより、それを着てごらん」

湯文字も肌襦袢もつけず、肌に直接高価な長襦袢をつけて伊達締めを締めると、生涯でたったいちどの日になるのだと、これからのことで胸が騒いだ。

貴成も白い長襦袢をつけた。雄々しい若侍のような貴成の姿に、彩子はまた深まっていく愛を感じた。

「失礼いたします」

キヨがやってきた。

「まあまあ、おふたりともご立派ですこと。よくお似合いでございます」

心底喜んでいるキヨがわかるが、寝床を覗かれたようで恥ずかしく、彩子はうつむいた。

「若奥様の髪のお手入れをさせていただきます」

ひっつめにしていた彩子の髪を解いたキヨは、それをゆったりと白い和紙でくくった。鏡に映った自分を見て、彩子は古い時代にタイムスリップしたような思いにかられた。

大広間から客達のざわめきが聞こえてくる。客達の呑み食いしている同じ屋根の下で、これから貴成との初夜を過ごすのだろうか。彩子は急に落ち着かなくなった。

「お床の用意ができております。参りましょう」

笑みを浮かべたキヨが先に立って歩き出した。

四章　破瓜の苦しみ

1

キヨが襖をあけた。

床の間つきの八畳の部屋の座卓には、酒と簡単な肴が載っている。

「どうぞ、お入りなさいませ。私はここで失礼いたします」

キヨはうやうやしく頭を下げると、廊下を引き返していった。

これから明日まではふたりきりになれるのだ。だが、白い床入りの衣裳まで着せられたというのに、八畳の部屋の装いはあまりにあっけない。彩子は気抜けした。襖を開けるなり布団が目に入ると思っていた。次の間に敷かれているのかもしれない。

「少し酒を呑むか？」

上座に座った貴成が徳利を差し出した。

「あんまり呑めないわ」

「少し呑んでおいた方がいい。少し酔った方がいい」

貴成の言葉の意味を自分なりに解釈した彩子は、これからの夫婦の営みを思ってのことだと、頬をうっすら染めながらおずおずと盃を差し出した。

彩子も貴成の盃に酒をついだ。

地酒で彩子が心地よく酔ったころ、貴成が次の間の襖をひらいた。

彩子はハッと目を凝らした。

敷かれた一枚の布団の両脇に、屏風が立ててある。どちらも六曲の屏風に見えるが、二曲の絵屏風を並べたもので、男女の交わりの絵が描かれているのだ。

男女の髪型や着物からして、江戸時代あたりの古いもののようだ。

屏風が大きいだけに、二曲にひとつの絡みを描いたものはやけに生々しかった。全部で六組の絡みが描かれていることになる。

ほろ酔いの彩子はいっぺんに目が醒めた。

猥褻な写真や絵とは無縁な生活を送ってきただけに、下半身をあらわにして交わっている男女の絵は刺激が強すぎた。

息の荒くなった彩子の肩を、貴成が抱き寄せた。

「祭領地家に古くから伝わっている家宝の屛風だ。四十八手という言葉を知ってるかい？彩子は知らないだろうな。男と女の交わりには四十八の種類があるということだ。もっとも、少し体位を変えればそれ以上、何百ものものができる。よく見てごらん」

羞恥に汗ばみ、屛風を見ることができずにうつむく彩子の顎に手を置いた貴成は、無理に上向かせた。

彩子の鼻から熱い息がこぼれた。

「屛風は四十八手がそろっている。あと四十二枚の屛風は八日以内に見られる。六枚ずつ毎日置き換えるんだ」

こんな恥ずかしい屛風を立てたのは誰だろう。これもしきたりなら、貴成の父をはじめ、彩子の義姉になった未亡人琴絵も知っているはずだ。お手伝いのキヨも知っているかもしれない。

着物を着ているものの、腰のあたりはすっかりめくれた女の上に乗っている男。この男の着物も腰のあたりはすっかりめくれ、ふたりの秘所は丸見えだ。

太い肉棒が赤い女の陰部に押し込まれているさまは、彩子にとってはエロチックというより、猥褻な罪深い絵だった。

ふたりきりでこっそりとやる行為を、こうしてあからさまに描いて屏風にするということが、彩子の常識では考えられなかった。

女が上になっているものもある。

尻が剝き出しになり、双丘の谷間の下の翳りに囲まれた赤い陰部に、男の一物が半分押し込まれている。陰茎の側面には血管が浮き立ち、いかにも恐ろしそうに見える。だが、女はあくまでもうっとりした表情をしている。

下の女が男に貫かれ、足を肩に載せられているものもある。

四つん這いの女をうしろから責めているものもある。

彩子は六枚の屏風に素早く目をやると、胸を波打たせながら貴成の胸に顔を埋めた。

「恐い……」

「恐い……」

もういちどそう言うと、そっと顔を上げた。

貴成への愛情が深まっているだけに、甘えたい気持ちが大きくなっている。今まで男に心を許して甘えることがなかっただけに、いったん恋の炎に火がつくと、とことん貴成の保護を受けてみたくなる。

未知の行為は恐い。だが、ひとつになってふたりだけの秘密を持つのだという気持ちも湧いてくる。

（これから、本当に貴成さんのものになるんだわ……女になるのね……）

彩子はまた貴成の胸に顔を埋め、背中にまわした腕に力をこめた。

彩子の顔を起こした貴成は、震えている彩子の紅い唇を塞いだ。

チロッチロッと彩子が舌を動かした。戸惑っているような不器用な舌の動きだ。それでも、彩子が求めているとわかるだけに、貴成の胸にも熱く満ちてくるものがあった。

貴成は唇をふさいで彩子の口中をまさぐりながら、白い着物の胸元に手を入れ、つきたての餅のようにあたたかくやわらかい乳房をつかんだ。

「く……」

ビクリとした彩子だが、いつになく激しく貴成の舌に自分の舌を絡めた。湿った荒い鼻息がこぼれた。

乳房全体を揉みほぐしていき、乳首を軽くつまむと、クゥと、仔犬のような声を鼻からこぼした彩子が、その場にずり落ちそうになった。それを片手で支え、貴成は乳首をつまんだり揉んだりした。

「くうう……」

乳首にだけ神経が集中している彩子は、もはや舌を絡めることも忘れ、人形のようだ。

やわらかかった乳首は貴成の指のなかで、みるみるうちにコリコリと堅くしこってきた。

それとともに、彩子の息もますます熱くなってきた。

彩子は唇を離し、イヤイヤと首を振った。

「はああ……ああう……」

またくずおれそうになり、もはや躰を支える力を失っていた。

貴成はもう一方の乳房に指を移した。さわってもいないのに、こちらの乳首も堅くなっている。コリコリと芯ができている。

貴成は次に着物の裾を割って手を入れた。

だらんとなっていた彩子の躰がビクリとして、一瞬、硬直した。

貴成の手はまず内腿を這った。ますます彩子の躰は堅くなっていった。

内腿からそっと鼠蹊部へと上っていく。じっとり汗ばんだ肌が、彩子の緊張を語っていた。

「力を抜いてごらん」

荒い息を吐く彩子は、貴成の背中をギュッとつかんだ。

貴成は翳りを撫でた。それから肉のふくらみを辿った。饅頭のようにほっくらした陰唇をなぞって、その割れ目に指を入れた。

「あ……」

彩子の総身がさらにこわばった。

「足をひらいてごらん」

彩子は熱い息を噴きこぼすだけで、足をひらくことができずにいた。

「ほら、力を抜いて」

割れ目に入った指は、すぐに花びらに触れた。乳首を揉みしだかれたためか、ねっとりしたものが潤んでいる。

「少し濡れてる。乳首はそんなに感じたか」

「いや……」

彩子は太腿をキュッと閉じた。

「彩子のかわいいココを舐めてやる。あんまり時間がないからな」

「また向こうに行かないといけないの？」

舐めるという恥ずかしい言葉に鼓動を速めた彩子は、次に、時間がないという言葉で失望した。朝までここにいられるものと思っていた。

営みを赤裸々に描いた屏風に挟まれた寝床には落ち着かないが、式のあとで気疲れしているだけに、貴成といっしょにしばらくここにいたい。

「朝までここにいるんだ。でも……」

貴成は言葉を切って彩子を見つめた。

「言わないでおこう。どうせわかることだ。かわいいところを舐めてあげるから、横になって足をひらいてごらん」

彩子は恥じらってイヤイヤをした。

「ヌルヌルがいっぱい出た方がいい。出ないとできないからね」

もはや彩子には逃げる意志などない。ただ、恥ずかしい。女の器官を正面から見られたくはない。

貴成に横たえられ、貴成の手で脚をひらかれた彩子は、周囲の屏風絵から目をそらすため、目を閉じた。

シーツは白無垢と同じ絹の生地でできている。白青海波鶴文。一面の青海波に鶴が舞っている柄で、シーツにするには贅沢すぎる生地だ。ふたつの枕もおなじ生地のカバーがかかっている。

真っ白いシーツの上に、真っ白い床入りの衣裳を来た彩子が横たわると、彩子の純潔がさらに際だった。

裾がひらき、腰から下だけが剥き出しになっている。そのつるつるとした一本のむだ毛もない脚の間に入った貴成は、花びらをくつろげ、ゼリー菓子でできているような、ふるふるとした愛らしく可憐な器官に口づけた。

「はああっ……」

彩子の臀部がシーツから浮き上がり、くねった。

秘口からトロリとした透明蜜があふれ出した。

貴成が花びらを交互にペロリと舐め、唇で甘噛みすると、彩子はすすり泣くような喘ぎを洩らした。

花びらと外側の陰唇の間のやわらかくツルリとした肉溝を舌先でなぞると、彩子は熱い息を鼻から噴きこぼしながら、拳をキュと握った。

肉の豆を唇に含むと、足指をこすり合わせて悶《もだ》えた。

「あはあ……いや……くうう」

感じすぎて彩子は脚を閉じようとする。だが、貴成の躰が脚の間に入っているので決して閉じることはできない。

ペチョペチョッ……。

秘園をなぶる破廉恥な音がした。彩子は小鼻をふくらませて喘いだ。

「だめ……はああ……いやいや」

彩子は目をあけた。屛風の秘戯画が両側から迫ってきた。

肉の豆を舐めまわした貴成が顔を上げた。

「エクスタシーのときはイクと言うんだ。イクと言うんだぞ。わかったか、彩子」

躰を起こして言う貴成に、彩子は唇をわずかにあけた。

「イクと言うんだ。返事は？」

「はい……」

彩子の唇が風に揺れる花びらのように震えた。

貴成はふたたび顔を秘園に埋めた。風呂に入ったあととはいえ、女特有のオスを誘う淫靡な匂いがする。かすかとはいえ、男を昂ぶらせるには十分なメスの匂いだ。

処女の彩子がメスの匂いを発散させてオスを誘っている。それは、彩子の肉体がいかにも破瓜を待ち望んでいるように思え、貴成の血も沸き立った。

会陰から肉の豆に向かって器官をゆっくりと舐め上げた。それから、肉の芽を集中的に舐め、チュルッと吸い上げた。

「ああっ！」

彩子の総身が大きく痙攣した。秘口もすぼまりを繰り返している。眉間に皺を寄せ、大きく口をあけた表情から、彩子が気をやったことがわかった。

蜜液が会陰をしたたり落ちた。

また貴成は顔を埋めた。

「ああっ！　しないで！　くっ！」

彩子は貴成の頭を押し退けようとしながらずり上がった。

「イクまでつづけるぞ。まだイクと言ってないからな」

がっしりと太腿をつかんで、貴成はすでに彩子が気をやったのを承知で、蜜でベトベトしている女の器官を舐めまわした。

「クッ！　い、いやっ！　イ、イクッ！　イキますっ！　イキますっ！　クッ！」

ガクガクと打ち震える彩子に、ようやく貴成は口戯をやめた。

汗にまみれ、肌を桜色に染めた彩子は、脚を閉じることも忘れてぐったりと横たわっていた。

貴成は枕元に用意されているタオルで彩子の顔を拭ってやった。だが、秘園は拭かなかった。

「何回イッた？」

彩子は貴成から視線を逸らしたあと、顔をおおった。

貴成は彩子を横たえたまま、乱れた着物を整えた。

「どうぞお入りください」

貴成の言葉に、法悦を極めたあとでぼんやりしていた彩子は、怪訝《けげん》な顔をした。

襖があいた。

「あ……」

誰もいないはずの八畳間から、貴成や彩子と同じ白い着物を着た義父の基一郎、八助、勇吾、昇竜寺の住職、勇吾と似かよった歳の岳《がく》という村の男が入ってきた。

彩子は声を上げて躰を起こした。髪が逆立つほど仰天した。

ついさっき、貴成と酒を呑んだ部屋だ。ふたりきりだった。そして、次の間のこの寝所に移った。襖一枚隔てただけの隣室には誰もいないはずだった。何の物音もしなかった。いつから控えていたのだろう。

彩子は目を見開き、五人を眺めた。

貴成が追い出してくれると思った。だが、お入りくださいと言った本人だと気づいた。彩子は混乱していた。

恥ずかしい声を聞かれたにちがいない。そして、今、床入りのための白い衣裳をつけていることも恥ずかしかった。

しかし、なぜ基一郎達まで同じ衣裳なのだろう。

『あまり時間がないからな』

そう言ったさっきの貴成の言葉を思い出した彩子は、これからまだ祭領地家のしきたりにのっとった儀式があるのだと考えた。

それなら、なぜもっと早く貴成は教えてくれなかったのだろう。それに、法悦を極めたあとで、いきなり呼び入れることはないだろうと言いたかった。

彩子の驚きをよそに、五人は布団の横に並んで座った。貴成は布団の上で正座した。彩子も慌てて貴成の横に正座した。着物の下にショーツもつけていないのが気になった。

「彩子はたったいま気をやることができました。あとはよろしくお願いいたします」

貴成の言葉に、彩子は顔から火が出るほど恥ずかしかった。

貴成は深くおじぎをしたが、彩子はただこの羞恥の場から逃げ出したいだけだった。

「では、祭領地村の掟に従い、祭領地家の若奥様になられたばかりの彩子様の破瓜の儀式をとり行わせていただきます」

八助がこれもまたうやうやしく頭を下げた。

「性指南役の長として、儀式を見届けさせていただきます」

「村の住職として、破瓜の儀式、見届けさせていただきます」

八助のあとに、住職もそう言って頭を下げた。

「指南役の後継者として儀式を見届けさせていただきます」

たくましい肉体をした勇吾も深く頭を下げた。

「指南役見習いとして、儀式を見届けさせていただきます」

岳が頭を下げた。

「お見届け、よろしくお願いいたします」

最後に基一郎が四人の男に頭を下げた。

(何を言っているの……？　まさか……まさか、貴成さんと私をここで見ているって言うんじゃないでしょうね……そんな)

彩子は落ち着き払っている男達に比べ、汗をこぼしていた。気がおかしくなりそうだった。

2

「若奥様、祭領地家に嫁いできた方は、まずこの家の長に躰をひらかれることになっております。これから主様に女にしていただき、その処女の血の証《あかし》を、広間で待っている者達に披露することになります」

八助の言葉に彩子は耳を疑った。口を半びらきにしたまま、言葉の意味を探ろうとした。聞きまちがいだと思った。

「彩子、そういうことだ。義姉も父によって女になった。亡くなった母は、ここの祖父によって女になり」

「いやあ！」

貴成の説明に、どうやら八助の言った言葉のとおりだとわかり、彩子は叫びながら立ち上がった。

座卓の置かれた部屋に向かって逃げ出そうとした。

勇吾がその腕をいち早くつかんだ。

「村の掟です」

「いやいやいやっ！」

振りほどこうとしたが、勇吾の腕は肉に食い込むほど強く、驚くほど頑丈だった。

「彩子、ここで三三九度を交わした以上、そうしなければならないんだ」

これまで貴成がひとつになろうとしなかったのには、こういう恐ろしい秘密が隠されていたのだ。

勇吾が簡単に彩子を布団に乗せた。

「いやあ！」

屋敷に多くの客がいる。それにかまわず、彩子は声をあげた。客達に叫び声は聞こえているだろう。

横たえられるのを必死で拒もうとしている彩子の両腕を、貴成が頭の方で押さえ込んだ。ばたつく脚は、勇吾と岳が一本ずつ押さえ込んだ。これでは身動きできない。

「いやあ！　誰か！　助けてっ！」

喉が切れるのではないかと思えるほど、彩子は声を張り上げた。

「彩子、みんなに聞こえるぞ」

しょうがない奴だというように貴成が軽い笑みを浮かべている。

誰もが落ち着き払っていた。この理不尽な行為を、彩子以外の者達は承知していた。

「泣いても叫んでも、ことは進みます。若奥様、これは村の神聖な儀式です。ほんのいっときのご辛抱を。この村に嫁いで来た者は、みんなこの儀式を経ているのです。まずは主様に女にしてもらうのが決まりです」

仏に仕える住職までも、彩子が納得できるはずのないことを言った。

「大御足、ひらかせていただきます」

勇吾の言葉のあと、両足が大きく左右にひらかれていった。

「いやあ！」

彩子は総身を揺すって、まだこの場から逃げようとしていた。

大きく脚をくつろげられたため、肉饅頭がぱっくりと口をあけた。貴成の口戯によって法悦を極め、べっとりと濡れていた蜜はすでに乾いている。

「失礼させていただきます」

八助がいざり寄り、伊達締めを解いて、着物の身頃を左右に分けた。

隠れていた乳房がはずみ出た。桜色のういういしい乳首を載せた、血管が透けるほど白い肉の房だ。

「いやいやいやっ！」

みんなによってたかって犯されようとしている気がした。これから貴成との一生にいちどの大事なときを迎えるのだと思っていた彩子は、気が狂いそうになった。汗を噴きこぼしながら身をよじった。

たったひとりの味方であるはずの貴成は腕を押さえ込んでいる。必死になって救いを求める目を向けているのに、ダメだと言うように、静かに首を振るばかりだ。

基一郎が白い着物を脱いだ。下には何もつけていない。

六十二歳だが、肉棒は九十度よりさらに高く持ち上がり、それは貴成のものより少し長めだった。

基一郎は彩子の近くで、これみよがしに勃起したものをしごき上げた。

「主様、若奥様の陰部《ほと》が乾いておりますので、少しお待ちください」

秘園を覗き込んだ八助は、彩子の足の間に躰を入れると、左右の親指で二枚の花びらを同時に揉みしだきはじめた。

「い、いやっ！　いやっ！　くっ……んんっ……い……や……んんん」

力ずくで犯そうとしている荷担者のひとりだというのに、八助の指の動きはやさしすぎる。まだ貴成にされたことのない愛撫だ。

右手は右まわりに、左手は左まわりにゆっくりとまわっている。一周にいちどは必ず肉芽に触れていく。揉みほぐすというより、撫でているような、やさしい刺激だ。妖しい感覚が確実にじわじわと湧き上がってくる。

「いや……あああっ……くうう……」

六人もの男に見られている。こんな恥ずかしい行為を。彩子は自分ではどうしようもない快感を味わいながらも、屈辱のために、その指から逃れようと腰をくねらせた。

「主様、若奥様はきれいな陰部《ほと》をなさっています。そして、指でこうやっていると、汁がたっぷりと湧いてきます。貴成様は果報者でございます」

肉棒をしごき立てている基一郎に、八助は指の動きを止めずに言った。

「んんん……はああ……ううん」

耳をふさぎたいほど恥ずかしい言葉を聞きながら、それでも、じわじわと押し寄せてくる妖しい波に、彩子は喘ぎを洩らさずにはいられなかった。

死ぬほどの屈辱だ。それなのに、なぜ躰は八助の指によって、心と裏腹に昂まってくるのだろう。

もうすぐあの波が来る……。

そう思っていると、八助は指を離して身を引いた。

「主様、たっぷりと濡れてきました。若奥様の処女の封印を、主様の肉の刀で切っておあげなさいませ」

「いやあ！」

八助と場所を交代した基一郎に、ふたたび彩子の叫びがひろがった。

「彩子、大丈夫だ。すぐに終わる」

腕を押さえている貴成の言葉も、彩子の耳には入らなかった。

彩子は最後の力を振り絞って躰をよじろうとした。腕も脚も動かない。腰だけは動く。それによって、小振りだが掌には収まりそうにない椀形の乳房も揺れた。だが、展翅《てんし》板に留められた昆虫のように、もはや逃げることはできなかった。

全裸の基一郎が白い脚の間に入った。

「いやあ！」

彩子はいちだんと大きな声をあげた。

義父に犯される。しかも、それを、夫と村人も手伝っている。力ずくで押さえ込み、押し入ろうとしている。

貴成の兄の葬式のときも挙式のときも、いつも基一郎は穏やかに笑っていた。この舅となら、同じ屋根の下で仲良く暮らせるだろうと思っていた。少々の失敗なら笑って許してもらえるだろうと思った。それが、今の彩子にとっては恐ろしい鬼でしかない。

「彩子さん、村の掟だ。祭領地家の長として、私が最初に花嫁を抱くことになる。おとなしくしてくれるなら、押さえてもらわなくてもいいんだが」

「いやいやいやっ！　しないでっ！　いやっ！　貴成さん、助けてっ」

絶望のなかで一縷《いちる》の望みをかけて夫に哀願した。

「主様、陰部《ほと》が乾かぬうちに」

八助が促した。

両手で秘園をくつろげて眺めた基一郎は、反り返っている肉棒の先を、ピンク色に輝いている秘口につけた。

「しないで！」

基一郎を拒否して、腰は左右にくねっている。

基一郎は浮かしていた腰を一気に秘口の奥へ沈めた。肉刀は薄い処女の膜を突き破り、子宮へとつづく肉の道へと押し進んだ。

「ヒイッ！」

生肉を引き裂く激しい痛みに、彩子は総身から脂汗をこぼしながら、顎を突き出して悲鳴をあげた。

破瓜の瞬間を誰もが見守っていた。

男を知るときの女がみんな味わわねばならない一生にいちどの苦痛。彩子も例外なく眉間に皺を寄せ、大きく口をあけ、唇を震わせていた。いかに残酷な仕打ちを受けているかを、顔だけでなく総身で訴えていた。

狭い肉道を奥まで進んだ基一郎は、破瓜の痛みに歪んだ彩子の顔を眺めながら、少し腰を引いた。それから、すぐに腰を沈めた。

「ヒッ！」

すでに破れた処女膜とはいえ、いちどで痛みの治まるはずもなく、彩子はまた悲鳴をあげた。義父から逃れたいというより、この激痛から逃れたいと、彩子は貴成から腕をもぎ取ろうとした。けれど、びくともしなかった。

基一郎の腰は浮いては沈んだ。

「痛い！　ヒッ！　痛っ！」

いつしか目尻から涙をこぼしながら、彩子は肩先を震わせていた。鼻が桜色に染まった。

グイグイと腰を打ちつける基一郎は、亡き妻が嫁いできたときの、今と同じ儀式を思い出していた。

そのときまで基一郎との時間が来ると思っていた妻が、基一郎の父に女にされると知り、彩子のように半狂乱になって暴れた。

ここにいる貴成のように妻の手を押さえていた基一郎は、妻の苦痛の顔を眺めながら、心の痛みと同時に妖しい昂ぶりを覚えて勃起した。父に犯されて悲鳴をあげる妻の姿は、いやおうなく獣の本能を燃え上がらせた。いっそう妻への愛しさが湧いた。

貴成も彩子の悲鳴を聞き、彩子の苦痛の顔を眺め、肉茎を痛いほど反り返らせているだろう。この儀式が終わったあと、がむしゃらに彩子を求めるだろう。

「痛い……いや……くううっ……」

彩子の声は悲鳴から嗚咽に変わっていた。逃げることをあきらめ、痛みと哀しみに総身を震わせながら泣いていた。

基一郎は抽送を長引かせようとは思わなかった。できるなら、一突きで気をやってしまった方がいいのだ。そして、まずは花嫁を花婿に返し、少しでも長くふたりきりにさせてやった方がいいのだ。

射精を早めるために、基一郎は神経を集中させて抜き差しをつづけた。

やがて、基一郎に法悦の兆しがやってきた。最後の抽送に入り、腰の動きを速めた。

「ヒッ！　ヒイッ！」

あきらめてすすり泣いていた彩子だが、激しい抜き差しで、ひりつくような痛みに襲われ、ふたたび悲鳴を上げた。

「うっ！」

基一郎の動きが止まり、腰が痙攣した。

彩子の体内に勢いよく精液が注ぎ込まれていった。

ひとときき静止した基一郎は、奥まで押し込まれていた肉棒をゆっくりと出した。

肉茎も彩子の股間も、破瓜の真っ赤な血液で染まっていた。

八助が基一郎の肉茎を懐紙で拭いた。

貴成は泣きじゃくっている彩子を起こし、敷物のようになっていた白い着物を脱がせるため、袖から腕を抜いた。勇吾と岳が彩子の腰を持ち上げ、その着物を抜き取った。

高価な床入りの衣裳は処女血で丸く真っ赤なシミをつくっていた。そのシミは着物だけでなく、白青海波鶴文をあしらったシーツにまで染みていた。

破瓜といっても、人によって痛みも出血の量もちがう。彩子の出血は多い。それだけ処女膜が厚かったのかもしれない。ということは、痛みも激しかったのだ。

「若奥様のお印、確かに拝見しました」

住職が言った。

「若奥様のお印、確かに頂戴します」

次に八助がそう言うと、白い衣裳を勇吾と岳が畳に裾がつかないように捧げ持った。

八助が彩子のための新しい白い衣裳を布団の傍らに置くと、五人は揃って部屋から出て行った。

「いやあ。いやっ」

ふたりきりになると、彩子は顔をおおって身悶えした。

貴成は綿布で血にまみれた彩子の秘園をぬぐってやった。基一郎の精液の混ざった処女血は、内腿まで染めている。

「さあ、風呂に行こう。よく我慢したな」

貴成はいつものようにやさしい口調だ。だが、彩子には貴成を含めたみんなの行為が許せなかった。はじめて体験した交わりの痛みもまだ残っている。

肉の痛みと心の痛みに彩子はぼろぼろだった。

「彩子、もう朝まで誰も来ない。ふたりだけでいられる」

「いや。嫌い。貴成さんなんて嫌い。東京に帰して！」

彩子は貴成を押しのけた。

「風呂だ」

貴成は新しい着物を彩子の肩にかけると、自分を拒否している彩子を力ずくで抱き上げ、そのまま廊下に出て風呂に向かった。

風呂の脱衣場にはキヨがいた。

彩子の顔がこわばった。

「ご無事に女になられましたこと、心からお祝い申し上げます。これで大御足の間を、お洗いくださいませ」

差し出されたザクロのような形のものは膣を洗うビデだ。

泣いていたとわかる顔を見られたことも、ただ羽織っているだけの着物も、寝所で大声をあげたことも、何もかも彩子は恥ずかしかった。そして、秘芯を洗う道具を差し出されたことも、耐えきれないほど恥ずかしかった。

彩子は胸を喘がせた。ビデを手にすることができなかった。

「僕があずかろう」

貴成がビデを受け取った。

「キヨは彩子の印を見たのか」

「いえ、まだ。でも、若奥様のお声で、いつ主様が女になさったかわかりました」

屋敷にいる者に、あの悲鳴が聞こえないはずがない。けれど、キヨにはっきりとそう言われると、彩子は舌を噛んで死んでしまいたかった。

「あとはいい。キヨも彩子の印を見ておいで。彩子はまだご機嫌斜めだ。すっかり嫌われてしまった」

貴成が笑った。

「若奥様、女は哀しゅうございます。でも、女はそれだけ悦びを得られるようになっております。機嫌を直して貴成様にお甘えなさいませ」

キヨは少し心配そうな顔を彩子に向けて出て行った。

どうなっているのだろう……。常識では考えられないことばかり起こる。彩子は暗い迷路に入り込んで、決してそこから出られなくなるような気がした。

動こうとしない彩子を、また貴成が抱き上げて湯殿に入った。

「脚をひらいて」

「いや」

「拗《す》ねてるのか」

貴成は苦笑している。だが、彩子にとっては拗ねるという言葉で表せるほど、ことは簡単なことではなかった。

もうここでは暮らせない……。義父に躰をひらかれてしまった……。あんな理不尽なこと……。

そんなことを考えながら、朝までに屋敷を抜け出したいとも思った。

膝をついた貴成が、堅く合わさっている彩子の膝を離した。だが、ビデの嘴《くちばし》を秘口に刺そうとするとまた閉じる。何度かそれが繰り返された。

「自分でひらいておくことができないなら、人を呼ぶぞ。いくらでも人はいるんだ。いいんだな?」

笑みを消して見上げた貴成に、彩子はすすり泣きながら首を振った。

貴成もみんなと同じなのだ。みんなでよってたかって辱めているのだ。だいじなことを秘密にしたまま、騙《だま》して結婚したのだ。

彩子ははじめて貴成に憎しみを覚えた。それでも、人を呼ばれたくないと、貴成が洗浄器の嘴を女壺に差し込むのを許した。

器具のふくらみが押され、洗浄液が女壺を満たした。貴成の手がゆるむと、なかを洗った液はふたたび器具に吸い込まれていった。

それから貴成は僕《しもべ》のようにひざまずいたまま、処女血で汚れた秘園と太腿をていねいに洗っていった。

彩子はただ突っ立っていた。憎いと思った貴成のやさしい行為に、また気持ちが揺れた。

貴成の股間で肉棒がクイクイと反応している。それに貫かれるのだと心の準備をして寝所に向かった。だが、女になった今も、まだ貴成のそれは彩子を知らないのだ。貴成とは他人のままなのだ。

彩子は深い哀しみに襲われた。不意に激しくしゃくりあげた。

「何が哀しいんだ」

貴成は彩子に湯をかけ、湯船に抱え入れた。

3

廊下には誰もいない。広間からは客達の賑やかな声がする。

広間に行こうとする貴成に、彩子はまだ少し鼻をすすりながら首を振り立てた。

「誰も出てきやしない。そっと覗くだけだ」

足を突っ張る彩子の腕をグイグイと引っ張って、貴成はとうとう広間の前まで来た。そして、ほんの一、二センチだけ襖をあけた。

「見てごらん」

いつ客達に悟られるかしれないとびくつく彩子におかまいなく、貴成は中を見るようにうながした。

「…………」

彩子はもう少しで声を上げるところだった。

三三九度を交わした金屏風の前に、破瓜の血液も生々しい彩子の夜着が飾られている。衣《え》紋《もん》掛けに、まるで呉服の展示のように掛けられている。

彩子は目が眩みそうだった。

額縁に入った賞状のようなものもいっしょに置かれている。それが、大路の書いた診断書、つまり、処女の証明書とわかったとき、彩子はそこに立っていることができなくなった。

客達はふたつのものを見比べ、正真正銘の処女の彩子が今夜女になったことを知り、その前で平然と酒を酌み交わしているのだ。

その場に崩れ落ちそうになった彩子を、貴成が支えた。そして、寝所に連れ戻した。

鮮血にまみれていたシーツはいつ取り替えられたのか、シミひとつないものになっている。

貴成は呆然としている彩子を、白い着物につつんだまま布団に横たえた。

「これで彩子は本当の祭領地家の一員として認められる。彩子は祭領地家だけではなく、村の宝になったんだ」

黒髪を撫でながら、貴成は軽く頰に口づけた。彩子の目尻からまた涙がひと筋流れ落ちた。

「行為のとき、まだ二、三度は痛いかもしれない。だけど、最初のときのようには痛くないはずだ。少しだけ我慢すれば女の悦びがわかるようになる。気持ちよくなれる。いくらでも快感を得られるようになる。男は一度だけだが、女は何度でも極められる。彩子にもっともっと女の悦びを教えてやりたい」

貴成は彩子の唇をふさいだ。

「いや！」

彩子は顔をそむけた。

結婚という不安のなかで、貴成との甘い時間に期待もしていた。貴成を愛しはじめ、頼るようになっていた。だが、義父に抱かれた以上、どうしてそのあと貴成に愛されることができるだろう。

「恨んでるのか」

懐に手を入れて乳房をつかむと、彩子はその手をもぎ取った。

貴成の母もまたその母も、そして、兄嫁の琴絵も、初夜にはこうして傷つき、一度は夫を拒もうとしたはずだ。だから、貴成は彩子の拒否にあっても意外とは思わなかった。

世間的には不自然としか思われるはずのない村のしきたりを、すんなり受け入れられる女などいるはずがない。処女で嫁いでくるだけに、なおさらだ。儀式のことを話せば拒まれるとわかっている。だから、貴成もそのときまで、彩子に何も語らなかった。

「この村の土地は痩せている。今でこそ外の世界と行き来できるが、昔はそれもままならなかった。日照り、長雨、寒い夏……そんなとき、村人は死ぬのを待つしかなかった。こんな村にも年貢は要求された。払えなければ苛酷な刑罰が待っていた」

貴成は子供に絵本でも読んで聞かせるような口調で、祭領地村のことを話しだした。

「あるとき、よいちという村の若者が、このままでは全員飢え死にしてしまうと、ふたつほど隣の村の……と言っても、当時はこんな村から歩いて行ったのでは、何日かかかっただろうが、仏門に入ったさる高貴の出の尼僧の庵があると噂に聞いていたので、何とか助けてもらいたいと、そこを訪ねたんだ」

その尼僧はまだ若く、上品で教養深く、輝くほどに美しかった。

その美しさが仇《あだ》となり、複数の格式ある家柄の男達に求愛され、男同士の殺傷沙汰まで起きた。罪深い自分を責め、女は仏門に入った。それでもあきらめようとしない男もいた。

よいちが足を血だらけにして山深い場所に建っている庵に着いたとき、一目で武家とわかる男が、従者を従え、絹の反物や食べ物などを愛する女のために運んできたところだった。

仏門に入った身には必要ではないと言う尼僧に、よいちは、それを村人のために与えてくれまいかと走り寄った。

絹を金に替えれば食べ物も買える。年貢のかわりに差し出すこともできる。食べ物はそのまま命の糧となる。よいちは村の窮状を必死に訴えた。

尼僧は惜しげもなく、すべてを持ち帰るようにと言った。

男はそれをはばみ、還俗《げんぞく》して自分の妻になるなら、持参した物をすべて村人に与えてやってもいいと言った。

『奥方様をどうなさるおつもりです』

すでに男は妻を娶《めと》っていると、尼僧は噂に聞いていた。

『即刻離縁する』

同格の家の妻を娶ったからには、簡単に離縁などできるはずがない。両家の争いになる恐れもある。ふたたび自分が元で殺傷沙汰にでもなれば、死んでも詫びきれないが、死ぬのなら、その前に、村人の命をひとりでも救ってやりたい。尼僧はそう思った。

そこで尼僧はさらにわが身を捨てることを決意した。

「その尼僧はよいちの妻になると言った。形だけの夫婦になるから、誠があるならときおり村に通って来るようにと男に言った。そうすれば今の妻との間もそのままでいい。しかし、それを聞いた男は、妾の立場でいいのなら屋敷の近くにそれなりの立派な家を用意すると言った。だが、尼僧は村人を救うために還俗してもいいと決意したんだ。ただの妾では意味がない。男の近くに移り住んでも意味がなくなる。自分が形だけでもよいちと夫婦になって村の住人になることに意味があった。その裕福な男が通ってくるたびに貢ぎ物を受けられる。それを村人に分け与えることで村人が救われることになるわけだ。聞いてるか、彩子」

顔をそむけている彩子を、貴成が呼んだ。

「尼僧は貧しいよいちの妻になった。輿《こし》入れの日、男は貢ぎ物とともにやってきた。そして、よいち達が三三九度の盃を交わしたあと、操を守ってきたその女を男が抱いた。それから、ずっと今日のようなしきたりがつづいている」

今の時代になぜそんな無意味なことをつづけているのか、いくら昔のことを聞かされても、彩子に納得できるはずがなかった。

「その尼僧がいなければ、村人は誰ひとり生き残っていなかっただろうと言われている。昇龍寺はその尼僧、静香様《しずかさま》の菩提を弔うために建てられた。義姉も彩子も静香様の生まれ変わりとして尊敬される。みんな彩子を敬っている」

いっときおとなしくなっていた貴成の肉茎が、ムクムクと首をもたげてきた。貴成は彩子の手を取り、そこに導いた。

彩子はビクリとし、手を引こうとした。

「はじめて彩子のソコに入るこれに、キスしてくれないか」

彩子は大きくかぶりを振って顔をそむけた。貴成にまで押さえつけられ、基一郎に処女を奪われたことを思うと、また涙があふれてきた。声をこらしていたが、徐々に嗚咽に変わった。

貴成は彩子の着物をひらいて上に乗ると、塩辛い目尻と頬を舐めた。それから乳房を舐めまわし、乳首を吸い上げた。

「あう……くくっ」

甘い喘ぎとしゃくる声がいっしょになった。そして、すぐに乳首は堅くしこった。

貴成は口での愛撫をやめ、乳首を指でつまんで軽くもてあそびはじめた。

「あはっ……」

泣きながら彩子が身をよじる。

よく感じる躰だ。感じすぎるのか、乳首をもてあそぶ貴成の指を手でどけようとする。その手を片手で押さえつけて乳首を責めつづけた。

鼻をピンクに染めている彩子が、しゃくったり喘いだりしながら丸い肩と腰をくねらせる。女は教えられもしないのに、こうやって華麗に総身をよじらせる。

愛しさに肉棒をひくつかせながら、それでも貴成は焦るつもりはなかった。

苦痛を伴う破瓜の儀式で、彩子は男女の行為を、まだ悦楽につながるものとは思っていない。いくら時間がたてばよくなると説明しても、体験しなければわかるはずもない。

貴成は指の動きをつづけながら、彩子の目尻を舐めた。それから、耳たぶを甘噛みしたり、息を吹きかけたりした。

「はああっ……」

しゃくる間隔が遠くなってくる。そして、喘ぎだけになってきた。

首筋を舐めまわした貴成は、かわいい喘ぎを洩らしている小さめの唇をなぞり、舌を入れた。

乳首を責めている貴成の手をどけることができない彩子は、絶えず身をくねらせた。小鼻をふくらませて熱い息をこぼした。

そのうち、気を紛らそうとするように、貴成の舌に自分の舌を絡めたり唾液を吸ったり、彩子も積極的になってきた。

「んくく……く……んん」

乳首から全身に広がっていく妖しい漣に、彩子は切なかった。何かを、もっと何かをしてほしい。でなければ、おかしくなってしまいそうだ。だから、唇を合わせて貴成の舌を激しく求めてしまう。

貴成が彩子の唾液を飲み込むように、彩子も貴成の唾液をむさぼった。それでも我慢できず、大きくイヤイヤをして顔を離した。

「いや……ああ、いや」

「いやじゃないだろう？」

「変になるの……変なの……乳首、しないで」

彩子は掠れた声で言った。潤んだ目をしている。だが、もう泣いてはいない。

乳首から離れた貴成の手は、彩子の両手を肩の横で押さえつけた。それから、きれいに始末された青白い彩子の腋下に唇を移した。

「あう！」

くすぐったさに、彩子はさっきより大きく身をよじった。

くぼみを舐めまわされていると、くすぐったさが、乳首をいじりまわされていたときのように、あの妖しい感覚を運んできた。

「ああ、だめ……ああう」

両腋を舐めまわした舌は、ふたたび乳房を舐め、臍の方へと下りていった。ほんの少しずつ、生あたたかい舌先で皮膚の表面を這いまわりながら……。

皮膚がそそけだつ。躰の芯から妖しい疼きがひろがっていく。さわられていない女の器官までも妖しく息づいているのに彩子は戸惑った。

翳りに貴成の手が伸びた。撫でまわし、内面に指を伸ばしていった。

彩子の躰がふいに緊張で堅くなった。

(だめ。しないで……私はお義父様に抱かれたの……だから、これ以上はしないで)

疼く躰と、彩子の常識がせめぎあった。

三三九度のあとに起こったことが、また彩子の脳裏をくるくるとまわりはじめた。

この屋敷から出て行くのが常識だ。夫となったはずの貴成にではなく、その父に抱かれてしまったことは世間的に許されるはずがない。

貴成の指が内腿から翳りを載せた肉の丘に動いていった。そして、閉じた肉の貝をくつろげた。

「だめ」

彩子は腰を振った。

「濡れてる。ヌルヌルしてる。彩子が何と言おうと躰は正直だ。こうやってヌルヌルをいっぱい出して教えてくれてるんだ。気持ちがいいですと」

「あう」

花びらに触れた指に、彩子の背中が反り返った。

指や舌でじっくりと責められたあとのせいか、手足の先まで疼きが走っていく。これまで、こんなふうにじっくり愛撫されたことがなかった。もっとも、きょうまでにほんの数回、セックスのない愛撫をされただけだ。

「女になったところを見せてごらん。もう痛くないだろう?」

生身の肉を切り裂く激痛を思い出し、彩子はまた自然に涙がこぼれてくるのを抑えることができなかった。

貴成が脚を押しひらいた。

彩子はいったん閉じようとしたが力を抜いた。そして、そこがどう変化しているかを考えると恐ろしく、堅く目を閉じた。

貴成は両手で花びらをくつろげた。触れた直後のすぼんだイソギンチャクのようだった処女膜が、基一郎の肉刀で切り裂かれ、数枚に分かれている。まだ少しだけ血の滲みがあった。

交わることによってすぐに快感を得るのは無理だろうが、少しでも痛みをやわらげられるようにと、貴成は花びらと肉芽を吸い引げたり舐めまわしたりした。

「あは……はああっ……だめ……ああっ」

彩子の尻が右に左にと妖しくくねった。

ヌルヌルはすぐに器官全体をおおった。

貴成は躰を起こして彩子にかぶさった。

またそのときが来たのだと、彩子は怯えた。あの痛みは二度と味わいたくない。それに、義父と息子のふたりに抱かれるわけにはいかないのだ。彩子の喉がコクッと鳴った。唇が震えた。

「大丈夫だ。力を抜いてごらん」

貴成は笑みを浮かべながら彩子の髪を撫でた。

「だめ……」

「どうして」

「お義父様に……だから……やめて」

「まだ納得できないのか。でも、そのうちにわかる。彩子のことは僕と同じように、父も村の者達も、みんな大切に思ってるんだ。それが、そのうちにわかってくる」

貴成の堅い肉茎が秘口に触れた。

彩子は荒い息をこぼしながら目を見ひらいた。イヤイヤをした。

貴成の肉棒はそれにかまわず、一気に奥まで沈んでいった。

「痛い！」

彩子の顔が歪んだ。腰を引こうとした。

「さっきみたいに痛くはないだろう？」

「痛い。痛いからしないで」

彩子は貴成の胸を必死に押し上げた。

「ようやく彩子とひとつになれたんだ。ちょっとだけ我慢してごらん」

貴成は深く肉棒を差し込んだまま彩子を抱きしめた。

ようやくひとつになれたと言われ、彩子はあらがいをやめた。まだ秘芯が痛い。けれど、貴成の兄の死からきょうまで、貴成はこうなるのを我慢していたのだ。そして、基一郎が彩子の処女を奪うのを目の前で眺めていなければならなかったのだ。

いまようやく夫婦としてひとつになれたことを思うと、自分だけでなく、貴成も哀れに思えた。哀れな者同士が抱き合っているのだと思うと、彩子に貴成への深い思慕が湧いた。

ついいましがたまで、貴成に抱かれる迷いがあった。だが、貴成の躰からぬくもりが伝わってくる。そのぬくもりは、愛しい愛しいと言っているようだ。

「彩子……朝まで寝せないぞ」

彩子のぬくもりと鼓動を確かめた貴成は、軽く唇を合わせた。それから、おもむろに腰を浮かせ、また沈めた。

「あう、痛い……」

彩子は貴成の背中をギュッとつかんで顔を歪めた。けれど、今度は貴成は無言で腰を動かした。

男を知ったばかりの浅い女壺。熱い肉襞。よく締まった肉の壺だ。

「痛い。痛い。痛い」

うがたれるたびに彩子は声を上げて訴えた。

ときおり唇にキスをしてやりながら、貴成は抽送をやめずにゆっくりと女壺をうがちつづけた。

「痛い。あう……くっ……痛い」

今にも泣きそうな顔をして、彩子は眉間に皺を寄せる。だが、基一郎に肉を裂かれたときのような叫びはない。痛いという言葉も間隔があくようになった。

「さっきより痛くないだろう？　そのうち痛くないようになるんだ。そして、こうされるのが気持ちよくなるんだ。彩子のココはとっても気持ちがいい。やわらかくて、それでいて締まっていて」

ようやく侵入することができた秘壺を、貴成は隅々まで確かめた。そして、深く深く挿入して抱きしめた。

「ひとつになってるのがわかるだろう？　僕のペニスが彩子のなかに入ってるんだ。奥の奥まで入ってるんだ」

そう囁《ささや》かれ、彩子は恥ずかしさと不思議な感動でいっぱいになった。抜き差しの痛みが徐々に薄らいでいく。まだ少し痛いが、我慢できないほどではない。

「痛いか？」

彩子は首を横に振った。

貴成はホッとして抽送を再開した。まだ彩子は自分の腰を動かすことすら知らない。うがたれるままに揺れている。怯えを含んだ不安そうな顔は、快感とはまだほど遠い。しかし、この顔がそう遠くない日に悦びの顔に変わるのだ。

「イクぞ」

貴成は徐々に速い抜き差しへと移っていった。

「あっ、痛い。少し痛いの。くっ！」

激しい抽送になると、やはり痛みが伴うらしい。だが、それも、一、二度体験すれば消えるだろう。

貴成は鬼になってラストスパートの激しい抽送をつづけた。

「うっ!」

脳天を突き抜けるような快感が、貴成の足指に向かって駆け抜けていった。同時に、多量の樹液が彩子の女壺深くほとばしっていった。

五章　理不尽な定め

1

客達の宴は三日の間つづいた。

破瓜の血で汚れた閨《ねや》の衣裳を客達に晒された以上、彩子は恥ずかしさに広間に出ることができなかった。

貴成はたまに広間に顔を出し、客達に酌をしたりされたりと、適当につき合っていた。だが、誘われた彩子はいつも首を振り、部屋にこもったまま、貴成が戻ってくるのを息を殺して待っていた。

三日の間はキヨが部屋に食事を運んできた。

破瓜の痛みと基一郎に躰をひらかれる理不尽さに、彩子はあのとき大きな声を上げた。それをキヨに聞かれている。キヨと顔を合わせるのもはばかられるが、基一郎本人と会わなくていいことは、まだしも救いだった。

客達が屋敷からいなくなった四日目、彩子はホッとした。だが、その日から、基一郎、貴成の兄嫁の琴絵未亡人を含めての四人での食事が待っていた。

漆塗りの黒いテーブルには、彩子と貴成が並んで腰掛け、基一郎と琴絵が彩子達と向かい合う。それも、彩子の正面が基一郎だった。基一郎を正面から見ることもできず、彩子は食事も喉を通らなかった。

琴絵のようすを見ていると、基一郎に女にされたとは思えない。あまりにも落ち着き払っている。彩子にはまだ、琴絵に初夜のことを聞く勇気もなかった。

琴絵は荒野に咲く可憐な一輪の花のようだ。世の中から忘れ去られたような、こんな僻地の村にいる女には見えない。楚々として美しく、高貴な香りがする。着物がよく似合う。いつも着物だ。

琴絵が、なあに、というふうに首をかしげると、彩子はようやく琴絵に見惚《みと》れている自分に気づき、ハッと我に返ることがあった。

破瓜の儀式を忘れたかのように、基一郎はかつての穏やかな顔で彩子を見つめている。

「うちのものが彩子さんの口に合わないなら、別のものを作らせる。遠慮なく言ってもらっていいんだよ」

あまり食のすすまない彩子を気遣って、基一郎が言った。

「いえ……いつもおいしいものを作っていただいて……」

基一郎の目を見て話すことができなかった。

「食が細いのかな。そうは言っても、もう少し食べた方がいい」

「ここの生活に慣れたら、きっといくらでも食べますよ。東京の高級料亭より、ここの食事の方がよほどおいしいですからね。さすがに若いころ澤源《さわげん》で鍛えたというだけあって、徳爺《とくじい》のつくるものはうまい。そうだろう、彩子？」

貴成に問われ、彩子は、ええ、と小さくうなずいた。

「だったらいいが、徳爺も残されたものを見て心配していた。徳爺を安心させるには、食べてもらうしかないからな」

基一郎がまた唇をゆるめた。

関東では一、二という有名な料亭〈澤源〉で、徳爺は十五年も修業した。そして、祭領地家のために村に戻り、長くここの厨房をあずかっている。

食事を終えて部屋に戻ると、彩子はいつもフッと肩の力を抜いた。

「ね、ひとりにしないで」

結婚のために二週間の休暇を取っている貴成だが、五日、六日と過ぎていくうちに、彩子の不安が増した。

貴成がまた錦ヶ淵女子大の講義に出るようになれば、彩子は週に四日も五日も、基一郎と琴絵の三人で食事をとらなければならなくなる。彩子にとっては息が詰まりそうな時間だ。

「みんながいるじゃないか。大切にしてくれるだろう？」

貴成は何もわかっていないと、彩子は口惜しかった。

貴成にとってここは気が抜ける家でも、彩子にとってはまだよその家という感覚しかない。手伝いの者達が身のまわりのすべてをやってくれるとはいえ、義父や義姉もいっしょでは息抜く暇もない。両親亡きあと、彩子は気楽なひとり暮らしをしてきた。ここにいるというだけで気遣い、疲れるのだ。結婚した女の立場はとうてい男には理解できないだろう。

「結婚したのに、週の半分以上も貴成さんをひとりにしておくわけにはいかないわ。あなたが東京に行くときは、私も連れて行って。お掃除もお洗濯もお炊事もします」

そうすれば、ここにいる必要がなくなる。いつか、貴成と東京で暮らせるようになるかもしれない。彩子はここから出ることばかり考えていた。

「僕がひとりのときも、部屋はいつもきれいだっただろう？　着るものだってまともだっただろう？　彩子がいなくても、今までどおり、そういうことは人に頼めばいいんだ。心配しなくていい」

貴成はやはり何もわかっていない。彩子はじれったく情けない気持ちでいっぱいだった。

「貴成さんと別れていたくないの。結婚したばかりなのに、どうして私がここにいなくてはならないの？」

基一郎に女にされた以上、そして、基一郎がやもめである以上、貴成がいないとき、強引に抱かれることになるかもしれない。そんな危惧《きぐ》を貴成は微塵《みじん》も持っていないのだろうか。それより、初夜の行為のあとで、何事もなかったように親子で顔を合わせ、会話をしていることが信じられなかった。

彩子はときおり初夜のことが幻覚ではなかったかと思うことがあった。

（あれは夢だったの……？）

「彩子も少しは夫婦生活のよさを覚えてきたのか？　あんなに痛いと叫んでいたのに、もう、痛みなんかなくなったようだしな」

ニヤリとした貴成に、彩子は耳たぶを赤く染めた。

「そんなことじゃないわ……あう」

いきなり貴成に抱き寄せられ、唇をふさがれ、彩子は火照った。

抵抗むなしく、次の間に連れて行かれた。布団が敷かれている。それは一日中敷かれていた。そして、朝食と夕食の間に、いつも新しいシーツに取り替えられていた。夕食の間に秘戯画を描いた屛風も取り替えられている。

屛風絵の交換も一日二回のシーツの交換も、彩子は恥ずかしくてならなかった。

部屋にいる間中、夫婦の行為を行っているように思われているような気がしてならない。

実際、散歩でもしないかと誘っても外に出ようとしない彩子に、貴成は精力的に布団に引っ張り込んでは彩子を愛した。

「いや。恥ずかしい。シーツに皺が寄ったら、またキヨさんに……こんな朝からいや」

彩子は押し倒されたものの、いつものように周囲が気がかりだった。

床の間のある部屋は、廊下から襖一枚隔てただけの部屋だ。寝所になっているこの部屋は、その奥にあるとはいえ、やはり襖で隔てられているだけで、いつ誰が入ってきてもおかしくない。声も洩れるかもしれない。

「東京に行けば、四日も五日も彩子に会えなくなる。だから、今のうちにうんと愛しておきたいんだ」

「だったら、いっしょに連れていって。そして、またいっしょに戻ってくればいいでしょう?」

「ここに嫁いできたら、一年は村の外に出られないんだよ」

「そんな……そんなこと聞いていないわ」

彩子はなじるように言った。

初夜のときもそうだった。ここでは何でも大切なことをあとから話すのだ。

「村の生活に慣れるまでということだ。でも、そのうち、どこかに行こうと言っても、彩子はここから出たくないと言い出すんだ。琴絵義姉さんもそうだったし」

「お義姉さんと私はちがうわ。お願い、ひとりにしないで。私も連れて行って」

彩子は必死にすがった。

「四、五日おきに戻ってくるんだ。子供みたいに駄々をこねるなんて、仕事をしていたときの彩子からは考えられないな。あまりしっかりしている彩子より、こうやって駄々をこねる彩子の方がかわいいが」

苦笑する貴成は、いっそう愛しさが増した彩子を強く抱きしめた。彩子はその力強さに息がとまりそうになった。

「明日からは着物がいい。彩子のために、桐の箪笥《たんす》に入りきらないほど用意してあるはずだ。白無垢の花嫁衣裳、とてもよかった。初夜の彩子もよかった。僕はここに帰れば、こんなふうにいつも着物だ。楽でいい」

紺の結城紬に角帯を締めた貴成は、淡いピンクのブラウスごしに彩子の乳房をつかんだ。

「いや」

彩子はその手を押しのけた。

「連れて行ってくれないなら……私……貴成さんとは別れます。本当に別れます」

貴成が女の気持ちをわかってくれないからだと彩子は思った。

式を挙げてまだ一週間。けれど、貴成への愛情はしっかりと芽生えている。それでも、祭領地家や祭領地村の不可解で理不尽な初夜の掟のことを考えると、ひとり残されてここで暮らす週の半分以上は、途方もなく長い時間に思えてならない。

「貴成さんとは別れます。まだ一週間ですもの。ほかの人と再婚してください。私は……一生ひとりで暮らします」

微笑していた貴成の表情が、みるみるうちに曇っていった。

「彩子……ここに来て戸惑うことばかりだろう？　だから、辛い気持ちもわかる。十分にわかっているつもりだ。だけど、彩子は選ばれた女なんだ。僕だけでなく、父や村の者にも」

「そんなこと、聞きたくありません。私はたったひとりの人だけに選ばれればいいの。貴成さんだけに選ばれて、貴成さんとだけ暮らせればいいの」

「別れることはできないよ。でも、ここで一年暮らして、それでも気持ちが変わらないなら、そのときはここから出してあげよう。約束するから、一年だけはここで暮らしてごらん」

た。

貴成のやさしい言葉と淋しそうな口調に、彩子は罪深いことをしてしまったような気がし
た。

貴成は彩子を抱くことをやめ、仰向けになったまま目を閉じた。彩子はその傍らで、半身を起こし、貴成を見つめた。

貴成はいつまでも何も言わない。眠っているはずもないのに、目を開けようともしない。嫌われてしまったのだろうか……。彩子は自分から別れるなどと口にしていながら、貴成に嫌われたくないと思った。嫌われてこの家を出されてしまえばいいと思ったりしたものの、こうして、いつもやさしかった貴成が黙りこくってしまうと、胸の奥底から哀しみが湧き上がってくる。

「貴成さん……」

長い沈黙に耐えきれず、彩子は名前を呼んだ。

「貴成さん……目をあけて」

愛しいと言われれば背を向けたくなり、背を向けられればすがりつきたくなる。理不尽な村の掟のことも忘れ、さっきまでのように、貴成に強く抱きしめてほしかった。彩子にとってはじめて愛した男だ。

貴成は二度名前を呼ばれても動かなかった。彩子がどう出てくるか考えていた。そして、

彩子の将来も考えていた。

この村の掟に最後までなじむことのできない女がいるだろうか。誰もが最初は泣き叫んだだろう。基一郎の妻となった貴成の母もそうだったと聞いている。

義姉の琴絵もそうだった。初夜の琴絵の叫びが広間まで聞こえてきたのを貴成は覚えている。客はそれを聞き、儀式が無事に行われているのを知る。興奮し、別室で女を抱く者も出てくる。それがここでは自然の流れなのだ。

「貴成さん……彩子を嫌いにならないで」

こたえない貴成に、彩子が鼻をすすりはじめた。

「恐いの……ここにいるのが恐いの……貴成さんといっしょでないと恐いの」

彩子は泣きながら訴えた。それでも貴成は動かなかった。

彩子は貴成を揺すった。貴成はそれでも目をあけなかった。

彩子のすすり泣きが大きくなった。そして、泣きながら貴成の着物の裾をひらいていった。

その瞬間、貴成は彩子がここの女になれると確信した。昏がゆるみそうになった。それでも、抱きしめてやりたい気持ちを抑えた。

「貴成さんのバカ……嫌い……嫌い」

彩子は鼻をすすり上げながら貴成の着物をひろげると、自ら肉茎を取り出してつかんだ。

自発的な彩子の行為ははじめてだ。貴成の肉棒はたちまちムックリと起き上がった。彩子はそれを握りしめ、貴成の顔と交互に眺めた。肉根は反応しているのに、貴成は目を閉じたままだ。

彩子はそれを握りしめたまま、ゆっくりとしごいた。ますます肉茎は堅くなった。けれど、貴成はまだ動かない。

「嫌い……嫌い……嫌い」

彩子は淋しさと哀しさにしゃくりあげながら、自分を毎日貫いている肉棒を口に含んだ。命じられてしたことはあっても、自分からしごいたり、口に含んだりするのははじめてだ。だが、いつものように恥ずかしいという気持ちはなかった。ただ貴成に口をきいてほしいだけだ。

しゃくりあげているので、なかなかスムーズにフェラチオすることができない。それでも、顔を動かした。亀頭を舌でチロチロと舐めまわした。涙が貴成の茂みを濡らしていった。

まだまだ不器用な口戯だ。だが、彩子から積極的にはじめたフェラチオに、しかも、着物まで自分の手でひらいてはじめた行為だけに、貴成の感激はひとしおだった。

彩子はここの女になれる。その確信を得ただけに、ひとときの苦渋もすっかり氷解してしまった。

彩子に別れたいと言われたとき、もしかして、ここで暮らせない女だろうかと危惧した。あの初夜の日も、基一郎に抱かれることを拒もうとしていた彩子に、自分の元から去るのではないかと不安が掠めた。

亡くなった兄も基一郎も、祖父や曾祖父も、みんな一度は新妻に対して、貴成のような不安を持ったのかもしれない。けれど、誰ひとりとして村を出ていった女はいない。

彩子はせっせと口で肉棒を愛している。頭を動かしながら泣いている。

「彩子、傘の裏を舐めてごらん。気持ちがいいところだから」

貴成の声に、彩子は肉茎を口から出して顔を上げた。みるみるうちに顔が歪んでいった。

彩子は貴成に抱きついた。

「嫌いにならないで……彩子を嫌いにならないで」

泣きじゃくる彩子を、貴成がそっと引き離した。

「着物が台無しになるじゃないか。それに、もうフェラチオはおしまいか？　まあいい、きょうはうんといっぱいしてくれたからな。今度は彩子のソコを舐めてあげるばんだな。裸になって犬のように四つん這いになってごらん」

貴成に口をきいてもらえた嬉しさもつかのま、これまでにない恥ずかしい格好を要求され、彩子はためらった。

「男と女はいろんな格好で夫婦の交わりをするんだ。屛風絵を見てわかってるだろう？　ほら、あれだ」

　貴成が左端の絵を指した。

　懐紙を右肘に敷いた女が、尻だけ着物をまくられ、男の一物を押し込まれている。一目見ただけで顔が赤くなる秘戯画だった。

「服を脱ぎたくないなら、ショーツだけ脱いで、スカートをまくって四つん這いになるか？　それでもいいんだぞ」

　そんな破廉恥なことはできない。彩子は大きくかぶりを振った。

「言うことをきけないなら彩子を嫌いになるかもしれないぞ」

　泣きやんでいた彩子が、またベソをかいた。それでも貴成の考えが変わらないと知ると、背中を向けてブラウスを脱ぎはじめた。

　躰の隅々まで見られてしまったにもかかわらず、彩子は恥じらいをもって服を脱いでいく。

「だめ……そんなに見ちゃだめ……」

　ブラウスとスカートを脱いだ彩子は、屛風のうしろに隠れてしまった。そこでゴソゴソとスリップやショーツを脱ぎ、乳房と翳りを手で隠して戻ってきた。

「さあ、四つん這いだ」

決心がつきかねるのか、彩子は膝を立てたまま、躰を倒そうとしない。

貴成は彩子を倒すと、白い双臀を平手で力いっぱい叩いた。

「ヒッ！」

ひりつく痛みに彩子は声をあげた。こんなことをされるのははじめてだ。皮膚がそそけだった。

貴成はようしゃなく二、三度スパンキングを浴びせた。

「ヒッ！　あうっ！」

彩子はスパンキングから逃れようともがいた。あまりの痛さに涙が滲んだ。

「素直に言うことをきかないなら、これからお仕置きだ。四つん這いになるか？　うん？　返事はどうした」

「ぶたないで……言うとおりにします。だからぶたないで」

子供のように剥き出しの尻を叩かれたことで、彩子は羞恥を覚えた。やさしいだけと思っていた貴成の別の一面を見た思いがした。恐いというより、なぜかもっと甘えたい気がした。父親が躰で善悪を覚えさせるために子供を仕置きするように、貴成が父親なら、彩子は幼い子供だ。だから、とことん甘えてみたくなったのかもしれない。

「痛い……お尻が痛いの……痛いの」

「ダラダラしてるとまたお仕置きだぞ。四つん這いになるんだ」

調教される動物のように、彩子は素裸の躰を犬の形にした。

「もっと尻を高くしないか！」

恥ずかしがって双臀を落とそうとする彩子に、すかさずスパンキングが飛んだ。

「ヒッ！」

彩子は慌てて尻を持ち上げた。

「動いたらお仕置きだぞ」

貴成は顔を歪めた彩子の顎を持ち上げ、ニヤリとした。それから真うしろにまわった。

「い、いや……」

肩ごしに貴成を見つめた彩子は、ただでさえ恥ずかしい姿だというのに、うしろから女の器官を眺められ、唇がカラカラに乾いた。

「もっと脚をひらくんだ」

貴成はくっついている膝を肩幅ほどに離した。彩子の総身から汗が噴き出した。

「彩子の花びらやオマメだけでなく、かわいいお尻の穴まで見える」

「いやあ！」

羞恥に耐えきれずに尻を落とした彩子に、スパンキングの仕置きが待っていた。

バシッと派手な肉音がして、たちまち白い彩子の双臀に赤い手形がついた。

「どうした、ワンちゃんにならないか」

「だって……」

「言い訳は許さないぞ。四つん這いになれと言われたら、いいというまでそのままになってるんだ」

「でも……ヒッ！」

尾てい骨に響くような再度の打擲《ちようちやく》に、彩子は悲鳴をあげた。

「お利口さんにできないなら、もっと恥ずかしいお仕置きはいくらでもあるんだぞ」

角帯を解いて手にした貴成に、彩子はいつかのようにくくられてしまいたくないと、イヤイヤをして四つん這いになった。

貴成は彩子の真うしろから女の器官をじっくりと眺めた。

紫苑色の菊の花が羞恥にひくついている。彩子は排泄器官さえ美しい。その下で、うっすら恥毛を載せた肉の饅頭が、ほっくらと盛り上がっている。

「動くんじゃないぞ」

貴成は肉の饅頭を左右に割った。

「ああ……いや」

あまりの恥ずかしさに彩子の声が掠れた。

肉饅頭のあわいに隠れていた、ねっとりした紅梅色の花びらが姿を現した。

肉芽は細長い帽子をかぶって、まだほとんど隠れている。ゼリーのような粘膜がとろけそうな感じで光っている。秘口が遠慮がちに口をひらいている。

美しい。こんなに美しく猥褻なものを持った女、彩子。自分で意識しないうちにオスを誘っているメス、彩子。恥じらいにじっとしていることができず、つい腰をくねくねとさせてしまう彩子。それがいやらしさを増し、いっそう男を誘惑することになると気づいていない。

「腰を落としたら、くくる。いいな、動くなよ」

貴成は彩子の腰をつかんで、ぬめ光っている器官を舐めあげた。

「くうっ！」

尻が跳ねた。

グイと腰をつかみなおし、また女園を舐めた。ペチョペチョと破廉恥な音をさせて舐めまわした。秘芯に舌を入れた。蜜をすすり出すように吸い上げた。

「んんんっ！　くうっ！　ああああっ！　いやあ！」

尻を振り、彩子は貴成のクンニリングスから逃げようともがいた。感じすぎる。おかしくなりそうだ。

生あたたかい舌が、花びらを、肉芽を、花びらと外側の陰唇の間の谷間を、秘口を、舐めまわしている。まるで犬がミルクでも飲んでいるようなチャプチャプという恥ずかしい音をさせている。

「もう、もう許してっ！　んんんっ！」

法悦の波が駆け抜けていく。次々と駆け抜けていく。

彩子は顎を突き出して背を反らした。総身が大きく打ち震えた。

貴成の舌が女園を離れ、ひくつくうしろのすぼまりを舐めあげた。

「いやあ！」

彩子はガクガクと震えて布団に突っ伏した。

「これからだぞ」

落ちた腰を掬いあげた貴成は、いきり立っている肉棒をうしろから女壺に突き刺した。

「くうっ！」

はじめての恥ずかしく強烈な体位に、彩子は息が止まりそうだった。

屏風絵にはそんな交合が描かれているが、経験のない彩子には、そんなことは無理だと思っていた。だが、四つん這いにされ、真うしろから貴成に突き刺されているのは確かだ。獣の交わりのようで恥ずかしい。

貴成が抜き差しをはじめると、彩子は躰を支えることもできなくなり、腕を折った。

貴成に腰をつかまれているため、尻だけ高く掲げている彩子は、うがたれるたびに声を上げた。

「彩子、早く中で感じるようになれ。本当の女になれ」

汗まみれになって揺れている彩子の背中を眺めながら、貴成はあたたかい肉襞の感触を楽しんだ。

触れれば壊れそうな彩子を、こうやってうしろから責めると昂ぶりが増す。抱くたびに彩子が新鮮に見える。愛しくなる。

「痛くないだろう！　こんなにしても痛くなくなっただろう？」

奥まで肉茎を押し込み、周囲をぐるりとなぞった。

「あああっ！」

「痛くないかと聞いてるだろう？　どうなんだ」

「ヒッ！」

勢いつけて腰を沈めると、彩子が悲鳴をあげた。

「痛いのか。うん？　こたえろ！」

「くうっ！　痛く……ない……だけど……」

「だけど何だ」

「こんなふうに……あう……しないで。恥ずかしい格好にしないで」

彩子は布団に顔を埋めたまま言った。

「もっと恥ずかしい格好はいくらでもあるんだ」

唇をゆるめた貴成はひとまずラストスパートに入った。

「ヒッ！　くっ！　んんっ！」

彩子はまだ膣の快感を知らない。ただ犯されるだけの女のように貴成に貫かれ、うがたれ、声をあげた。

「痛いっ！　いやっ！」

摩擦で痛みが出てきた。彩子が苦痛の叫びを上げた。

そのとき、貴成の白濁液が噴きこぼれた。

2

挙式から二週間たった。

貴成は彩子を祭領地家に置いて、東京に発った。

彩子は貴成のうしろ姿を見て涙ぐんだ。

「淋しいの？　毎日、うんと愛されていたものね」

琴絵に言われ、彩子の頬に朱が走った。

悟られないはずがない。毎日何度も貴成に愛され、激しい行為のときは声を殺すことができなかった。

一日に三度、いつもいっしょに食事をしていながら、基一郎も琴絵も、彩子や貴成とさりげない会話を交わしながら箸を動かしていた。だから、もしかして声は聞かれていないのかもしれないと思っていた。だが、筒抜けだったことがわかり、彩子はいたたまれなかった。

行ってしまった貴成に感傷的になっていたのはつかのまで、琴絵の前にいるのが恥ずかしくてならなかった。

「ほっぺを赤くして、かわいいわ」

琴絵が形のいい唇をゆるめた。

「嬉しいわ。これからいつもいっしょにいられるわね。彩子さんにはどんな着物がいいかしらって、いつも考えていたの。きょうから私の着せ替え人形よ」

三十六歳になる琴絵は、まだ三十そこそこにしか見えない。肌に艶があり、色っぽく、美形で、女の彩子もため息をつきたくなる。

彩子は夫婦の営みの声を聞かれていたことに汗ばんだが、琴絵がこの若さで未亡人になってしまったことを思い、急に罪の意識にとらわれた。

琴絵は再婚しない限り、あの行為ができないのだ……。

彩子はまだ本当の女の悦びを知らないと貴成に言われた。そのせいか、貴成に抱きしめてもらいながら眠れたら、あの行為はなくてもいいと思っている。だから、琴絵がその行為のできないことを哀れには思わない。だが、抱きしめてくれる最愛の男がいなくなった生活には、憐憫《れんびん》を感じた。

毎日ひとりで眠る夜は辛く淋しく長いだろう。そんな琴絵の気持ちを思いやることもせず、貴成との生活に溺《おぼ》れ、あのときの声を廊下に聞こえるほど上げていた自分を思うと、心苦しくてならなかった。

貴成は五日すると、いや、もしかすると四日もすれば戻ってくるはずだ。だが、琴絵の夫は永遠に戻ってくることはない。

これまで自分のことだけ考えていた彩子は、大人げない自分を反省した。

「ね、着付けはできるの?」

「上手じゃないんですけど、お茶のお稽古にはたいてい着物でした」

「じゃあ、大丈夫ね。いらっしゃい」

未亡人になってまもない琴絵の笑顔には、神々しささえある。琴絵の強さにかえって切なさを感じながら、彩子も笑みを装った。

ここでは、炊事も洗濯も掃除も村の者達がやる。時間はたっぷりとある。

貴成がいないときは琴絵のために時間を使いたい。美しく気品のある義姉を慰めることができるならと、彩子は思った。

大きな桐簞笥が四棹も置かれた和室に連れて行かれ、彩子は目を見張った。

「全部、お義姉様の着物が入っているんですか？」

屋敷は広く、まだ彩子の知らない部屋も多い。ここはそんなひと部屋だ。

「もう全部彩子さんのものよ。いっしょに使いましょう。まだ内蔵《うちぐら》にも入っているわ。でも、彩子さんのために、お義父様がずいぶんたくさん新しくお作りになったわ。お義父様は心から彩子さんを愛していらっしゃるのね」

何気ない琴絵の言葉に彩子は動揺した。

「お義姉様……貴成さんがいないときは、お義姉様といっしょのお部屋でお休みしたいの……お部屋が広すぎて淋しいの……ね、かまわないでしょう？」

まさか基一郎が彩子の寝所にやってくることはないだろうが、初夜でのできごとを思うと、不安でならない。

琴絵といっしょにいれば、基一郎も手出しはできないだろう。彩子は淋しさにかこつけ、何とか琴絵と同じ部屋で休みたいと思った。

「今はだめ。もう少ししてから。淋しくなんかないわよ。彩子さんにはキヨさんがついているわ。呼べば飛んで来てくれるところにいつもいてくれるんだもの」

今はだめとはどういうことだろう。未亡人となって日も浅く、亡き夫との思い出を大切にしたいと思っているのかもしれない。愛された部屋に他人を入れたくないと思っているのかもしれない。彩子はそれ以上強く言うことができなかった。

淡い桜色地に野の草花を描いたやさしい友禅の着物を、琴絵は彩子のために選んだ。

「私が嫁いできたころ、気に入ってよく着ていたものなの。着せてあげるわ」

「いえ、自分で……」

「着せてあげたいの」

琴絵は手際よく帯まで締めていった。

「まあ、素敵。とっても似合うわ。ほら」

鏡台の前に立たされた彩子は、女らしさが強調されたように清楚に映っている自分が、どことなくいつもとちがうように思え、ひととき目を止めた。

「もっとほかの着物も着せてみたいけど、この友禅があまり似合いすぎて、すぐに脱がせるのもったいない気がするわ。毎日ちがうものを着ましょうね。明日から着物になさいね」

琴絵は心底嬉しそうに彩子のまわりをまわり、ふふと笑った。

「お式から半月もたつのに、一度もお屋敷から出ていないでしょう？　これから散歩しましょうか。貴基さんのお墓参りにも行かなくちゃならないし」

葬式以来、琴絵は毎日亡き夫の墓参りをしているという。村の菩提寺が近いとはいえ、愛情がなければ一日も欠かさずというわけにはいかないだろう。

いっしょの部屋で休みたいと言った彩子に、今はだめと言った琴絵だが、やはり、思い出の詰まっている寝所にまだ他人を入れたくないのだと彩子は思った。

「ね、これから行きましょう」

「出たくないんです……いえ……お墓参りには行かなくちゃいけないと思うんです。でも……」

村人に会うのが恥ずかしい。

ほとんどの村人達が、あの日、広間にいたはずだ。初夜の彩子の悲鳴を聞いたはずだ。そして、破瓜の血に染まった白い絹の夜着を見ているのだ。処女だった証の診断書といっしょに……。

それだけでも恥ずかしい。基一郎に最初に躰をひらかれたことも知っているだろうか。八助と勇吾と岳がみんなに話しただろうか……。

彩子はまた息苦しくなってきた。

「体調でも悪いの？　お屋敷の庭もいいけど、外に出ればもっと広々としていて気持ちがいいわ。何もない村だけど、それもいいものよ」

琴絵は彩子が散歩に行くものと思ってか、手を引いた。

「お義姉様……行きたくないの……ごめんなさい。ここにいたいの」

「どうして？　村の人も彩子さんを見れば、きっと喜んでくれるわ。さあ、行きましょう。お天気もいいいわ」

彩子は足を踏ん張った。

「いや、外はいや」

「どうして？　まさか、一生お屋敷から出ないなんて言うんじゃないでしょうね」

琴絵は微笑しながらゆったりした口調で言った。

「お義姉様……初夜の日の私の声……みんなに聞こえていたんでしょう……？　痛かった……あんなに痛いのは二度といやだと思うくらい痛かったわ」

彩子はあの日を思い出して涙ぐみそうになった。

「女はみんな一度は経験しなくちゃならないの。でも、もう痛くないはずよ」

「あんな声を聞かれていたなんて恥ずかしい……今でも死にたいくらい恥ずかしいの。だから……村の人達に会いたくないの。絶対にいや」

彩子は首を振った。

「あの声を聞いて、処女の彩子さんがお義父様によって女にされたとわかり、みんな喜んでるのよ。恥ずかしいことなんてないの」

貴成にではなく、基一郎に躰をひらかれたことをみんなが知っている……。彩子は喉を鳴らした。屈辱に躰が熱くなった。

「どうして？　どうしてお義父様にそんなことをされなくちゃならないの？　どうしてそんなことをみんなが知っているの？　どうして？」

彩子は掠れた声で繰り返した。

「ここにはいろいろなしきたりがあるの。みんなもちろん承知しているわ。そうでなくちゃならないの。そうやって、この村は今まで無事につづいてきたの。私もお義父様に女にしていただいたわ」

琴絵や村人が理不尽な掟に納得していても、彩子は理解できなかった。そんなことを理解したいとも思わなかった。

「私はいや。お義姉様、私はいや。絶対にいや。外になんか行かないわ。誰にも会いたくないの」

彩子は子供のように駄々をこね、そっぽを向いた。

「ふふ、そんなお顔もかわいくていいわ。私も、最初は彩子さんと同じだったわ。でも、みんなに愛されているのがわかって、自分がどんなに幸せな女かもわかって、それからここは天国になったわ」

琴絵の言葉を彩子はやはり理解できなかった。

「いや、お外になんか行くのは絶対にいや」

琴絵に嫌われたらどうしようという不安を抱きながらも、彩子は強く言い張った。

「困ったわね。じゃあ、お墓参りしたら、すぐに戻ってくるわ。ちょっとだけ待っててね」

琴絵は、琴絵の身の回りの世話をしている五十過ぎのワカと屋敷を出て行った。

3

彩子は琴絵と遅くまで折り紙をしていた。

たった一枚の四角い和紙から、琴絵はさまざまなものを折っていく。白く細いしなやかな指が動くたびに、彩子がこれまで見たこともない複雑な形のものが生まれた。

般若《はんにゃ》、河童、老いた男女、子供の顔から動物や昆虫達まで、それは子供達が折るものとちがい、芸術の域に達していた。

琴絵は亡夫の墓参りから戻ってきて、まだ依怙地《いこじ》になっている彩子の前で、黙って折り紙を折りはじめた。そのあまりのみごとさに、彩子は何もかも忘れ、いつしか琴絵の和紙の世界に入り込んでいた。

夕食が終わり、風呂に入ってからも、彩子は琴絵に折り紙をねだった。折り紙に魅せられたことと、できるだけ長く琴絵といれば、それだけ夜も短くなるという思いからだった。

口をあけた犬が尻尾を振っている。耳もあれば四本の足もある。二枚の和紙で躰の半身ずつを折って重ねたものだ。

「お義姉様、凄いわ！　私にはどのひとつをとっても絶対に折れないわ」

和紙に命を吹き込まれたもの達を眺めて、彩子は感嘆の声をあげた。すでに和紙には命が宿っている。顔には表情があり、動物や昆虫達は今にも動き出しそうだ。

「誰にでも折れるわ。慣れるだけ。折り紙ってね、同じように折っても、人によって表情や形がちがってくるの。それだけは不思議よ。たとえばこの翁《おきな》。この顔は私が折るとできる顔。彩子さんに教えながら折ると、彩子さんの翁は違った表情になるの。性格が出るのかもしれないわね」

「これ、全部いただいていい？」

「もちろんよ」

「私にも折れるようになるのなら、教えて」

彩子は久しぶりにものを創る興奮を覚えた。

「いくらでも教えてあげるわ。でも、今夜は遅いから、もうお休みしなくちゃ。明日からよ」

彩子は落胆した。けれど、何時間も昼間から折り紙を折らされている琴絵はさぞ疲れたことだろう。

「肩、大丈夫ですか？」

彩子は自分の興味のために、琴絵の躰のことをすっかり忘れていたことを申し訳なく思った。

「肩の力を抜いてるから大丈夫。それより彩子さん、貴成さんのいない初めての夜ね。でも、淋しくないわよ。いい夢を見てね。私が折り紙を折るときのように、肩の力を抜いて自然にまかせるの。いい？」

琴絵は気品に満ちた笑顔を残して自室に戻った。

「若奥様、そろそろお床にお入りください」

その場から動かない彩子に、三十分ほど前から部屋の隅に控えていたキヨが促した。

「キヨさん、今夜はいっしょに寝てちょうだい。私はあっち、キヨさんはここ」

彩子はどうしてもひとりになるのが不安だった。

「ここは若奥様と貴成様のお部屋でございます。ここはおふたりがくつろがれるためのお部屋でございます。そこで私が休むなどとんでもないことです」

「じゃあ、あっちにもう一枚お布団を敷けばいいでしょう？」

「ご寝所は神聖なお部屋でございます。私のようなものが休めるところではございません。私は隣の部屋におりますから、ご用のときはいつでもお呼びくだされば、すぐに参りますから」

「隣の部屋にいるくらいなら、ここだって、寝所の隣だわ」

「ですから、ここは若奥様達のお部屋でございます。ここで休めば主様に顔向けできなくなります。さあ、そういうことをおっしゃらずにお休みください」

キヨは寝所への襖をあけた。

きのうまでのように布団が敷かれ、枕もふたつ並んでいる。ふたつの枕を見ると、貴成がいないことが無性に哀しくなった。

枕元には布をかぶせた盆もある。その下には夫婦の交わりのあとの始末をする懐紙や濡れた布などが置かれているのだ。貴成がいない夜も、これまでのようにそれが用意されているのをチラと眺め、彩子は恥ずかしさにすぐに顔をそむけた。なぜ無用のものがあるのかを尋ねることもできない。

「では、失礼いたします」

彩子が寝所に入ったのを見届け、キヨが出て行った。

彩子はキヨが廊下に出た気配に、盆にかぶせてあるおおいを剝《は》いでみた。

懐紙、濡れたタオル、コンドーム、そして、これまで見たことのない男の肉茎の形をしたもの……。

彩子は息を飲んで男形を眺めた。貴成のものよりやや大きめの、エラの張った弓なりになった肉棒だ。

あまりの衝撃に手に触れることもできない。黒光りしたそれは木でできているのかもしれない。

彩子は鼻から荒い息を洩らしながら、元のようにおおいをかぶせた。

なぜこんなものがあるのだろう。誰がこんなものを置いたのだろう。キヨが彩子の身のまわりのことをしているからには、キヨだろうか。それとも、誰かほかの使用人のいたずらだろうか。朝から愛し合っていた彩子と貴成への嫉妬や苛立《いらだ》ちから、こんなものをこっそり置いていったのだろうか。

　いまキヨにこのことを言っておかなければ、明日の朝には破廉恥な玩具の存在を知られてしまう。どこかに隠そうか……。

　彩子は焦り、汗ばんだ。

　おおいを剝いではまたかぶせ、迷った。だが、男形に手を触れることはできなかった。徐々に鼓動が大きくなっていった。

　襖のあく音がした。誰かが床の間のある部屋に入ってきたようだ。

　彩子はギョッとした。キヨでないのは確かだ。琴絵だろうか……。もし、外からの侵入者だったら……。

　心臓がドクドクと音を立てている。彩子は声をあげていいものかどうか迷った。

「入るよ」

　寝所の襖の向こうで基一郎の声がした。

　侵入者ではないことに、ひとまず彩子は胸を撫で下ろした。だが、すぐに、次の不安が首をもたげた。

　襖があいた。夜着を着た基一郎が入ってきた。

「何か……何かご用ですか……」

躰を引きながら、彩子の顔がこわばった。

「ひとりの夜はどうやって過ごすか、教えてあげようと思ってね。盆に入っている道具は見たかい？」

猥褻な淫具を用意したのが基一郎とわかり、彩子はますます息を荒らげた。

基一郎が淫具を取った。

「まだ躰が疼くことはないかもしれないが、性を深く知るようになると、ひとりの夜が辛くなる。指だけで慰めるより、これがあった方がいい。これは代々祭領地家に伝わっているもので、私の妻もこれを使った。琴絵もだ。自分で握ってごらん」

彩子は首を振り立てた。基一郎は何を言っているのかわかっているのだろうか。

「彩子はウブでかわいい。貴成も気に入っている。留守のときはよろしくと頼まれた。淋しい思いはさせない」

「こないで……こないでください……出ていってください……お義父様、お願いです」

彩子はあとじさっていった。

「破瓜の痛みを味わわせた私を恨んでいるのか。今夜はじっくりとかわいがってやるから安心しなさい。何も痛いことはしやしないから」

やさしい口調で近づく基一郎に、なおも彩子はあとじさっていった。だが、すぐに背中が壁にぶち当たった。

「いや。キヨさんを……キヨさんを呼びますから」

恐れていた基一郎の出現に、彩子は肩を喘がせた。

「呼んでごらん。キヨにいてもらいたいのか。それでもいいんだ」

怯むことなく基一郎は彩子の腕をつかんだ。

「いやっ！」

唇を塞がれようとするのを、彩子は必死に首を振り立てて拒んだ。

「恐がらなくていいんだ。恐くないだろう？　もう貴成にも十分に愛してもらっただろう。痛くないのはわかってるじゃないか」

「いやいやいやっ！」

皮膚を粟だたせながら、彩子は拒みつづけた。

「私に抱かれるのもここではタブーじゃない。私に抱かれることも自然なことなんだ」

どんなに穏やかな口調で言われようと、そんなことを受け入れられるはずがない。

「力ずくで抱きたくはないんだよ。初夜の儀式は仕方がないが、これからは貴成に毎日躰をひらいていたように、私にも心をひらいて欲しい」

強姦者ではない基一郎の口調や表情。それでも、彩子にとっては義父でしかない他人だ。

他人でありつづけなければならない人なのだ。

「いやです……お義父様、いやです」

彩子は大粒の涙をこぼしながらイヤイヤをした。

「最初はそうだ。琴絵もそうだった。今は私に抱かれることを幸せに思っている」

琴絵の名前を出され、彩子はさらに動揺した。未亡人になった琴絵が不幸な顔を見せず、むしろ幸福な笑みをたたえているのは、貴基亡きあとも基一郎に抱かれているせいだろうか。

(嘘！　そんなことないわ！　お義姉様がお義父様に……そんな！　そんなこと！)

彩子は信じたくなかった。それに、義姉と自分が同じ男に抱かれるのはおぞましい。

抵抗する彩子の上に乗った基一郎は、なおも唇を奪うことをこころみた。だが、彩子は激しく首を振り立てて、決して許そうとしない。

胸を押し退けようとする彩子の手を頭の上の方でひとつにして押さえつけ、基一郎は片手で夜着の胸元に手を入れた。

「いやあ！　キヨさん！　キヨさんっ！」

基一郎に抱かれるわけにはいかない。彩子はついに、声を振り絞って助けを呼んだ。

基一郎はその声にも動じず、やわやわとした乳房をつかんだ。二十三歳のみずみずしく張りのあるふくらみが、掌のなかで弾《はじ》き返してくる。

「いやあ！　キヨさんっ！」

「ご用ですか」

ようやく襖の向こうからキヨの声がした。

「助けてっ！　お願い！」

キヨは入ってこようとしない。

「キヨ、入っておいで」

意外にも基一郎がそう言った。

「失礼いたします」

キヨが寝所の襖をあけた。

「キヨさん……」

彩子はすすり泣いていた。

「彩子がいやがってね」

両手を押さえたまま、基一郎が苦笑混じりにため息をついた。

「若奥様……主様にお情けをいただくことがどうして辛うございます……貴成様のお母様だけでなく、琴絵様も、そして、主様の代になってからの村での結婚では、みんな女はまず主様に躰をひらいてもらっているのです。そのありがたい主様に、若奥様は毎日でもお情けをいただくことができるのですよ」

琴絵だけでなく、村の女達まで基一郎が女にしたと知り、彩子は動転した。

「女は何度か殿方と交わると、本当の悦びを知るようになるものでございます。子宮で感じるようになるものでございます。一日も早く主様や貴成様によって女の悦びにお目覚めになりますように。力を抜いて主様にすべてをお任せなさいませ。キヨはその日を指折り数えて待っております」

基一郎に抱かれるようにと言っているキヨを知り、彩子は暗い沼底に沈んでいくような気持ちになった。おそらく、琴絵も同じようなことを言うのだろう。この屋敷にも村にも、彩子を守ってくれる者はひとりもいないのだ。

「若奥様、主様も私も村のみんなも、若奥様を心底愛しく思っているのですよ。すべてを受け入れなさいませ。女の幸せをお受け入れなさいませ」

キヨはそう言うと、頭を下げて襖を閉めた。

「キヨ、そこにいなさい。彩子が不安がる」

「承知いたしました」

彩子は泣きながら首を振った。

「出て行って。そこにいないで」

男女の交わりを、たとえ襖一枚隔てているとはいえ、すぐそばで聞かれるのは耐えがたい。力ずくで抱かれてしまうのなら、あきらめるしかない。だが、彩子はひとつの決意をしていた。

「キヨ、部屋に戻っていい」

「承知いたしました」

キヨが廊下に出ていく気配がした。

「手を……放してください……逃げません……だから」

彩子は鼻をすすりながら基一郎を見つめた。

「ようやくわかってくれたのか。私にまかせておけばいい。そのうち、男に何をしなければならないかも教えてやろう。だが、まだじっとしていればいい。受け入れることだけ考えていればいい」

伊達締めを解いて夜着を脱がせた基一郎は、二週間ぶりの彩子の躰をじっくりと眺めた。

彩子は羞恥とおぞましさに小さく震えながら、視姦する基一郎の視線に、鋭く皮膚を刺される気がした。

うつぶせにされた彩子は、うなじから背中、腰に向かって気が遠くなるほどじっくりと指先と唇、舌で愛撫されていった。

くすぐったさが、やがて妖しい感覚に変わり、子宮のあたりが疼いてきた。肉の芽も静かに脈打ちはじめた。

「あはあ……はああっ……」

基一郎に触れられるだけでおぞましいと思っていた。皮膚がおぞけだっていた。それが、心を置いてきぼりにして躰が火照ってきた。

彩子は拳を握った。その掌が、じきにじっとりと汗ばんできた。

基一郎の舌は、ついに臀部にやってきた。そして、白くつるつるとした双丘のあわいをくつろげた。

「いやあ！」

うしろのすぼまりを見られる屈辱に、彩子は我に返って腰を振った。

「動くんじゃない」

貴成がそうしたように、基一郎は彩子の尻たぼを力いっぱい平手で叩いた。バシッと派手な肉音が響いた。

「ヒッ！」

尻が跳ねた。

「逃げるとお仕置きだ。尻を叩かれるのは恥ずかしいだろう？　それともお仕置きが好きか？　貴成にも叩かれたようだな。いい音が聞こえてきた。これは最初のお仕置きだ。言うことを聞かないともっと恥ずかしいお仕置きがあるぞ」

　貴成と同じことを基一郎は言った。

「ぶたないで……でも、お尻はいや……そんな恥ずかしいところ、見ないでください……」

「恥ずかしいところを見たいんだ。彩子の菊の花はいい色をしている。かわいい。力をぬいてごらん」

　基一郎の舌が菊花の中心の、茶巾のようにすぼまっている部分をつついて舐めあげた。

「ヒイイッ！」

　何ともいえない不気味さとくすぐったさに、彩子の尻はガクガクと震えた。

「いやいやいやいやいや！」

　逃げようとすると、ふたたび容赦ないスパンキングが飛んだ。

「痛っ！」

「ここはよく感じるところだ。恥ずかしがらなくていい。寝所では心をひらくんだ。そうすれば悦びも大きくなる。心を閉じれば悦びを迎えることができない」

　彩子は総身をよじった。だが、新たな打擲が待っているだけだった。

（今夜だけ……今夜だけ我慢すればいいんだわ……）

彩子はそう言い聞かせ、唇を噛んだ。

基一郎の舌がすぼまりと、その周囲の菊皺を丹念に舐めまわした。

彩子には屈辱しかなかった。排泄器官を口で愛撫される恥辱。二度と基一郎と顔を合わせることはできない。

「くうっ……んんんんんっ」

気色悪さのなかに、またあの妖しい感覚が芽生えてきた。躰の奥が疼く。子宮や肉の芽あたりが脈打つようだ。

「いやいやいや……はあああっ……んん」

思わず喘ぎが洩れる。

熱い。躰が火のようになっていく。

基一郎の指がうしろから秘口に触れた。

「あ……」

唐突に前を触れられ、彩子はヒクリとした。

「彩子、じっとり濡れてるぞ。菊の花を愛されてオツユがたくさん出てきたんだ。躰は正直だ。彩子がいくら口でイヤと言っても、こうして躰は私に本当のことを教えてくれる。疼くだろう？　疼いているはずだ。早く太いものを入れて欲しいと思っているはずだ」

彩子は否定しようと首を横に振った。だが、基一郎に言われてはじめて、躰の疼きは肉棒をほしがっていることだとわかった。

「彩子の中に入るこれをおしゃぶりしてごらん」

彩子をひっくり返した基一郎は、盆に載っている男形を取り、彩子の口に持っていった。乳房を波打たせながら、彩子は唇をキュッと閉じた。

「濡れていないコレを入れると痛い。男のものだと思っておしゃぶりするんだ。貴成のものと思ったらどうだ」

基一郎はむりやり唇の狭間に淫具を押し込んだ。

「くっ……」

「顔を動かすんだ。舌も動かしてごらん。どうした、今から彩子の中に入るんだぞ。またお尻をぶたれたいのか。ここの女達が声を上げた道具で、彩子も声を上げるんだ」

基一郎の握っている淫具を愛撫するのは、とてつもなく猥褻で恥ずかしいことだ。それでも、あのひりつく打擲を受けるのはいやだった。彩子は相変わらず不器用にフェラチオした。

「よし、もういい。四つん這いになりなさい。犬の格好をしたら、頭を布団につけなさい」

「いや……お義父様、いや……」

貴成にそうやって破廉恥に犯されたことを思い出し、彩子の総身から汗が噴き出した。基一郎はさらに頭を下げろと言っている。尻だけ突き出した、四つん這いよりもっと恥ずかしい格好になる。

「まず四つん這いだ」

基一郎はきっぱりと言った。

彩子は肩と胸を喘がせながら犬になった。

「頭を落としなさい」

「見ないで……見ないでください……」

無駄な言葉と知りながら、そう言わずにはいられなかった。そして、屈辱に身悶えしながら頭を布団につけた。

基一郎は彩子の真後ろに行き、くっついていた脚を引き離した。

「ああ……」

彩子は思わず尻を振った。イヤという合図が、基一郎には誘惑の動きに見えた。

祭領地家の女達の淫水を吸い込んで黒光りしている男形を、基一郎は十分すぎるほど潤っている彩子の女壺に押し込んだ。

「ああっ……」

彩子の背中が心持ち反り返った。

基一郎はねじるようにして貴成のものより太い肉棒を彩子の女壺に押し込んでいった。秘口は丸い口の形をして、しっかりと淫具を咥え込んでいる。愛らしいピンクの花びらもハの字に広がっている。その周囲が蜜液でネトネト光り、彩子の性格と裏腹に貪欲にオスを求めているようだ。

「たった二週間で、こんなに太いものを咥えても痛くないようになったんだ。女のココは不思議なものだな」

基一郎は奥まで押し込んだ淫具をゆっくりと動かしはじめた。膣襞の締まりがいい。やわらかい肉の感触も、淫具越しに手に伝わってくる。

「ああっ……んんん……だめ……ああ、やめて……」

基一郎のものを入れられていないだけましだろうか。だが、恥ずかしい道具を挿入されて動かされるのは、彩子にとっては異常な体験だ。あとからあとから汗が噴き出してくる。

恥ずかしい格好にされ、恥ずかしいものを入れられている自分に、彩子はどう対処したらいいかわからなかった。頭の中が真っ白になりそうだった。

「深く入れればいいというものじゃない。ココ……このあたりにとても感じるところがある。Gスポットと呼ばれている。ココを擦《こす》ると女は何度もイケる」

基一郎は淫具の先の亀頭部分で、入り口に近いところを集中的に擦りはじめた。

「あ……だめ……いや」

尿意が近くなってくる。洩らしてしまいそうだ。彩子は尻を振った。

「じっとしているんだ」

「それはいや……いやです」

彩子は布団につけていた顔をうしろに向けて哀願した。

「ふふ、小水がしたくなるんだろう？　洩らしてもいいんだ。ココを擦ると小水のようなものが噴き出す。オマメで感じる快感とちがう女の悦びが得られる」

「いや。いや。許して……それはいや」

尻を叩かれるのを承知で彩子は尻を振った。

「動くんじゃない」

「しないで。いや」

今にも小水を洩らしてしまいそうな感触に、彩子はどうしても基一郎の動きを止めなければと焦った。

「私のものを受け入れるならやめてもいい。どうする？」

Gスポットあたりを擦りつづけながら、基一郎は尋ねた。

彩子は迷った。そうしている間も基一郎の動きはつづいた。

「やめてください……お義父様のものを受け入れます。だから、ああ……」

せっぱ詰まってきた尿意に、とうとう彩子は観念した。

基一郎が淫具を出した。

「頭を上げて四つん這いになりなさい」

よろよろと上体を起こした彩子の前にひざまずいた基一郎は、いきり立っている肉茎を手でつかんだ。

「おしゃぶりしてごらん」

彩子は目を見ひらいて、側面に血管の浮き立った義父の一物を見つめた。

「いやとは言わせないぞ。私のものを受け入れると言ったんだ。口をあけなさい」

四つん這いのまま胸を喘がせた彩子は、目を閉じて口をあけた。紅い唇がふるふると震えた。

やわらかい唇に肉棒を押し込んだ基一郎は、自分で腰を前後に動かした。

彩子は事務的にただ口をあけている。愛情のこもっていない唇だ。だが、まだすべてを求めるのは無理だとわかっている。これは彩子の肉壺に挿入する前の儀式のようなものなのだ。

「よし、もういい。彩子の躰がほしがっているものを入れてやろう」

ふたたびうしろにまわった基一郎は、つい今しがたまで淫具の入っていた肉壺に、自分の肉棒を押し込んだ。

肉襞を押し分けて入り込んできた義父の太い肉茎に、彩子の脳裏を貴成の顔が駆け抜けていった。

(貴成さん……お義父様がなさっていることをご存知なの……？　貴成さん、何か言って)

肉棒が抜き差しされる。彩子は揺れながら貴成に問いつづけた。

(どうしたらいいの……？　貴成さん……)

肉棒はますます勢いを増してきた。

六章　屈辱の剃毛

1

行為が終わると、基一郎は彩子の濡れた秘部を始末してやり、自分の部屋に戻っていった。
基一郎にも抱かれなければならないとわかったとき、彩子はこの村から逃げる決意をした。
できるなら、スラックスと軽いシューズで逃げたい。夜のうちにできるだけ遠くまで行くのだ。

車にでも出会ったら、それに乗せてもらい、一分でも早く村から離れるのだ。もういちどだけ東京の貴成に会い、村では暮らしていけないと言うつもりだ。

貴成は二人だけで暮らそうと言ってくれるだろうか。それとも、村で暮らせないなら別れるしかないと言うだろうか。

ともかく、祭領地家を離れなければならない。

身軽な服装をと思ったが、昼間、琴絵が、これからは彩子さんも着物になさいよと言った。明日のために、湯文字や肌襦袢や長襦袢、古代紫を主にした、しっとりしたお召しの着物と帯などが用意されているだけだ。

部屋に箪笥など邪魔な家具はない。箪笥の置かれた部屋は別にある。ほかの部屋に入って服を探している時間はない。

キヨやワカのように、屋敷に住み込みの手伝いも何人かいる。それらの者にも感づかれないように屋敷を出なければならないのだ。

彩子は廊下をうかがった。

みんなそれぞれの仕事を終え、各自の部屋に落ち着いているようだ。

彩子は足袋を履き、身じたくしていった。自分の着物ではなく、祭領地家の着物を着て行かなければならないのが気にかかる。しかし、長襦袢だけで出ていくわけにはいかない。

白地に図案化された蝶の模様入りの帯も締め終えると、はやる気持ちを抑え、一時間ほど待った。キヨも眠ったころだろう。

彩子はそっと襖をあけて廊下に出た。

長い廊下を伝って玄関まで辿りついたとき、鼓動は恐ろしいほどに高鳴っていた。それが、屋敷の誰かに聞こえないかと不安になるほどだった。

仄《ほの》明るい灯火に照らされた玄関で、彩子は履き物を履こうとした。だが、彩子のものはなかった。

琴絵のものらしい鼻緒だけ紅い白地の草履《ぞうり》と、柄入りの鼻緒の下駄がある。あとは基一郎のものらしい履き物だけだ。

下駄は音がする。彩子は琴絵に詫びながら、草履を履いた。そして、汗をじっとりこぼしながら、細心の注意を払って外に出た。

満月に近い月が出ている。

都会とちがう真っ暗な世界で、彩子は月が見守ってくれているような気がした。

結婚して半月。その間、外に出ていないが、村を出るための切り通しの方角がどちらか、かつて何度か歩いたことがある彩子にはわかっていた。

村人も眠りのなかにいるのか、静まり返っている。

着物で逃げなければならないのが焦《じ》れったい。人がいないにもかかわらず、ふだんの彩子からして、裾をまくり上げて走るようなことはできなかった。

小走りで走っては早足で歩き、切り通しに辿り着いたとき、そこから向こうにさえ行けば理不尽な掟から逃れられるのだと、ほんのわずかだが彩子は胸を撫で下ろした。

切り通しを抜けた。

「こんな夜中にどこにおいでになります」

男の声に彩子は、ヒッと、声をあげた。

月明かりに照らされたのは、黒っぽい作務衣姿の勇吾だった。初夜の儀式のとき、彩子の足を押さえていたひとりだ。

もっとも会いたくない村人のひとりに会ったことで、彩子は怯みそうになった。

「お願い。朝まで黙っていて」

「何をです」

「ここを出ていくこと……後生です」

彩子は勇吾がたまたまそこにいたのだと思っていた。勇吾に手を合わせた。きっと黙っていてくれるだろうと思った。

「若奥様を連れ戻すのが私の役目です。ここを通すわけにはいきません」

「連れ戻す……役目……？」

「輿入れから一年の間、若奥様を見張っておく役目を仰《おお》せつかっています。屋敷を出た若奥様を少しつけ、散歩ではないとわかり、先まわりして待っていました。一年の間、切り通しから出てはならないと言われているはずです。切り通しを越えた若奥様には、村の掟として、しばらくの間、お屋敷に戻すわけには参りません。恨まないでください」

勇吾は彩子の腕をつかむと、強引に引っ張った。

「いやっ！　放してっ！　お願い！」

しんと静まり返っている村だけに、彩子は声を殺して哀願した。

踏ん張っても踏ん張っても、勇吾はグイグイと思いのままに彩子を引っ張っていく。

彩子が引っ張り込まれたのは、かつて村を救ったという静香を祀《まつ》っている、祭領地家の菩提寺でもある昇龍寺だった。

勇吾は庫裏《くり》の戸を叩いた。

「放してっ！　いやっ！」

つかまれた腕が痺《しび》れそうになっている。彩子はまだあらがいをやめなかった。

庫裏がひらかれ、やがて住職が顔を出した。

「助けてっ！」

仏に仕える住職になら救ってもらえるかもしれない。彩子がそう思ったのもつかのま、初夜の日、この住職も破瓜の儀式に立ち合ったのを思い出した。

「お逃げなさるおつもりだったのか」

「村から……村から出してください。貴成さんのところに行くんです。話があるんです」

彩子は肩で息をしながら必死に頼んだ。

「貴成さんに会わなければならないんです。放してください」

「輿入れしてから一年たっていないのに切り通しを抜けたからには、残念ながら、しばらく貴成様にはお会いできなくなります。主様にも」

住職がそう言うと、勇吾は彩子を庫裏に引っ張り込んだ。

座卓の置かれた殺風景な八畳ほどの部屋で、彩子はようやく勇吾の手から解放された。

「若奥様のその表情からして、ここでじっとしていてほしいと頼んでも無理なことでしょうね」

七十近いと思われる住職は、基一郎や八助のように、穏やかに言った。誰もが上辺《うわべ》は温厚に見える。だが、こうして彩子を追いつめてきたのだ。

「八助爺を呼んできます。だから……」

口ごもった勇吾に、

「しかたがない」

住職がうなずいた。

彩子はうしろ手にされ、柱にくくりつけられた。底知れない恐怖に襲われた。

勇吾が出ていった。

「貴成様からこの村を救った静香様のこと、お聞きなさったか？」

こたえない彩子に、住職は貴成と同じことをしゃべりはじめた。彩子がまだ聞いていない、その先があった。

「静香様はよいちという貧しい村の男に、形ばかりの輿入れをなさったということにしていたが、よいちと愛しおうておられた。静香様を愛していた、さる身分の高いお方は、まさか、静香様がよいちと深い関係になるなど思いもしなかった。いちどは仏門に入った身とはいえ、静香様は良家の子女。貧しすぎる百姓とは身分がちがう。だが、こんな辺鄙なところまで通ってくるお方の子として静香様が産んだ男の子は、実は、よいちの子だった」

男は村から静香と子供を連れ出そうとしたが、静香は納得しなかった。だが、男の子は強引に連れ去られてしまった。

男は静香のために村にいっそう立派な屋敷を建てさせ、十分すぎる品々と金を貢いだ。

ふたりめは香《かおる》という女の子が産まれた。静香に似た美しい女だった。男はやはり自分の子供だと信じて疑わなかった。

今度こそ、どんなことがあっても、香は手放さないと静香は誓った。娘が連れて行かれそうになったとき、静香は自害したあと連れていくがいいと、刃をわが首に当てた。

泣き叫ぶ香に、男は娘を連れて行くのを諦めた。

成長し、絶世の美女と噂されるようになった香は、はるばるやってくる高貴な男達に求愛された。身分の高い者の息女ということもある。

だが、香は静香のように心やさしい女だった。村の窮状を救うために、静香がよいちを愛しながらもときおり通ってくる男に躰を許していることを知るようになり、自分も同じ道を選んだ。

香は村のある男と恋仲になったが、さる高貴な男とも深い関係を結んだ。静香と同じように、村の男に輿入れするということにして、その初夜の日に、求愛したさる大名の血筋に当たる男に女にされた。

それからまもなくして、村は特別の祭りを行う大名の領地として定められ、祭領地村となった。

祭りとは、秘めやかな性の儀式を行うものだったが、以後、村には特別の金品が与えられ、それによってどんなときも村人が困ることはなかった。

香は香穂《かほ》を産んだ。大名の血筋に当たる男は、自分の子と信じて疑わなかった。

村から出ないという香穂に、その男は、信頼する配下の者を村に寄越して結婚させた。そして、祭領地という姓を与え、何不自由なく暮らせるように計らった……。

「村に寄越され、香穂様といっしょになった初代の祭領地様は、それはおやさしい方だったそうだ」

その男が貴成の何代か前の男なのだ。

祭りを行う領地となってから、村では秘めやかな性の儀式が行われるようになったが、それは祭領地家を中心に、村全体の掟となっていった。

祭領地家が決めたことではなく、村に寄越された祭領地と主従関係にあった主が決めていったことなのだ。

「今も村はこんなに平穏だ。基一郎様が主様と呼ばれていなさるが、本当の主様はほかにいらっしゃる。だが、村では祭領地家の主をそう呼んでいる。そして、いつかは貴成様がそう呼ばれなさる」

住職の長い話が終わってしばらくして、勇吾が八助と岳を連れて戻ってきた。

「若奥様が一日も早く村の女になってくださいますように、これから、私や勇吾がいろいろとお教えさせていただくことになります」

八助が頭を下げた。

「その前に、下の毛を剃らせていただきます。それがきれいに生え揃うまで、貴成様と主様にはお会いになれません。そういう決まりでございます」

「いやあ！」

破廉恥な言葉に、彩子は声をあげた。

「立派なお召しの着物が汚れないように、脱いでいただきましょう」

黙って従うはずもない彩子に、若く力のある勇吾と岳が、ふたりがかりで帯を解いて着物を脱がせていった。

「いやっ！　やめてっ！　いやあ！」

彩子は汗まみれになって抵抗した。

お召しが畳に落ちると、長襦袢やその下のものはそのままに、彩子は座卓の上に乗せられ、まずは両手をひらいて座卓の脚にくくりつけられた。

長襦袢の袖がまくれあがり、白い腕が見えた。それより、身八つ口から覗く、きれいに始末された青白い腋のくぼみが扇情的だった。

次は、長襦袢と湯文字が大きく腰の上までまくり上げられた。

「いやあ！」

下穿きをつけていない女園が剝き出しになり、彩子は腰を振り立てた。

足も左右別々に座卓の脚にくくりつけられた。

下半身だけ剝かれた屈辱的な姿で、彩子は大の字になっていた。

勇吾達がそうしている間に、八助は住職と、湯を入れた桶《おけ》や剃刀《かみそり》の準備をしてきた。

「あきらめなさいませ。動くと怪我をなさいます」

「いやあ！」

村中に聞こえるのではないかと思えるほどの悲鳴を上げる彩子の翳りに、八助はシャボンを泡立てた。
十二、三歳ごろから萌え出し、恥ずかしいと思った翳りが、今では逆二等辺三角形に生え揃っている。生え揃ってしまえば、剃毛することが恥ずかしいのだ。
まんべんなく翳りのあたりにシャボンをつけた八助は、剃刀を取って彩子の顔の前に持っていった。

彩子は悲鳴を飲み込んだ。悪寒《おかん》が走り、皮膚がそそけだった。

「若奥様、すぐに終わります。決して動かないでください」

「やめて……」

もう叫ぶことはできなかった。掠れた声を出すのがやっとだった。

下半身に八助が、そして、座卓のまわりを住職と勇吾と岳が囲んでいた。

下腹部を剥き出しにされ、大の字に拘束されているだけで耐えがたいほどの屈辱というのに、それを複数の男に見つめられ、さらに八助には翳りを剃《そ》られようとしている。

彩子はよってたかって嬲《なぶ》られる自分に、これ以上の不幸な女はいないと思った。

秘園に冷たい剃刀が触れた。

「ヒッ」

彩子の総身が硬直した。

ジョリッ。剃刀が肉饅頭の上を滑った。シャリッ。またその横を剃刀が滑っていった。

彩子の皮膚が粟立ち、剥き出しの白い内腿がブルッと震えた。

夢ではなく、八助の言葉どおりに剃毛されている……。

薄くあいた彩子の唇は小刻みに震えた。

「あ……」

八助の手が外側の陰唇を軽く外に向かって引っ張った。

「縁を剃らせていただきます。じっとしていてください」

デリケートな部分をまた剃刀が滑っていった。気の遠くなるような屈辱の時間だった。

一本残らず恥毛を始末され、ワレメが縦に入っただけの子供のような女園を鏡に映して見せられたとき、彩子は言葉をなくし、ただ首を振りたくった。

2

さして広くない昇龍寺の本堂には、伽羅《きゃら》の香りが漂っている。

どこか吉祥天に似た静香菩薩が祀られていた。ふくよかな頬、慈愛に満ちた視線と柔和《にゅうわ》な唇の静香菩薩は、両手を前に差し出している。六十センチほどの丈で、若葉色の着物が着せられ、刺繡をほどこした半襟も覗いている。

住職は布に包まれたものを、うやうやしく捧げ持ってきた。

「若奥様、よく御覧なさいませ」

与えられた朱の長襦袢だけしかつけることを許されていない彩子のそばには、八助と勇吾がいた。岳は本堂の入り口で見張りをしていた。

住職が捧げ持っていたものの布をのけると、木彫りの男の裸像が出てきた。なぜか両膝を曲げている。そして、股間からは反り返ったものが出ていた。

彩子は、目を見ひらいた。

住職は次に静香菩薩を手に取って、絹の衣裳を脱がせた。

美しい椀形の乳房と丸みのある腰つき。そして、下腹部の生々しい女の器官。秘口がパックリと口をあけている。上品な菩薩の着物の下の猥褻さに、彩子の息が乱れた。

「静香様はこうして躰をおひらきになり、村をお救いになられたのです」

住職は静香菩薩と男の裸像を合わせた。口をあけた秘口に男の剛直が沈んでいく。そして、ふたつの像は抱き合っている格好になり、すっぽりと剛棒は秘口にはまり込んだ。

静香菩薩が両手を差し出していたのは、男の躰に手をまわすためだった。男の両膝が曲がっていたのは、静香と交接するためだった。

彩子の肩先が喘いだ。

「若奥様、こうやって男と女が睦むことから、この世に極楽が生まれるのです。貴成様に選ばれた方であれば、きっとおわかりになれるでしょう。下の毛が生え揃うまでにはきっと。もうお逃げになったりなさいますな。逃げれば必ず捕まり、また昨夜のように剃りあげられてしまいます。生え揃うまで、決して貴成様にはお会いできないのです」

住職はひとつになった裸像を静香菩薩が立っていた台座に乗せると、彩子に丁寧に頭を下げて本堂から出ていった。

「若奥様、これから、裏の部屋で、私と勇吾が精いっぱいの男女のご指南をさせていただきます。主様や貴成様に大手を振ってお返しできますように」

静香菩薩の安置された台座の裏手に、六畳ほどの小部屋があった。そこに連れ込まれた彩子は、壁いっぱいに描かれているさまざまな秘戯画に息がつまりそうになった。

初夜から八日の間、祭領地家の寝所には秘戯画の屏風絵が飾られ、四十八手が毎日六種類ずつ替わった。それも彩子にとっては強烈だったが、いま目にしている壁の絵は、さらにグロテスクに生々しく描かれていた。

割れた石榴《ざくろ》のような女の秘部。躰に比べて大きすぎる男の男根。さまざまな形で男女が繋がっている。

古い絵のようで、わずかに色褪《あ》せている。やはり江戸時代まで遡るのだろう。女がなまじ足袋だけ履いているのが猥褻だ。

部屋には赤いけばけばしい掛け布団の掛かった寝具が、一段高いところに敷かれている。

「指南役の見習いの岳が、外からこの部屋の鍵を掛けたはずです。外から開けてもらわなくては、私もここから出ることができません。若奥様、おとなしくお躰をひらいていただけますか」

「いやっ！　いやいいや」

壁の秘戯画に呆然としていた彩子は、我に返ってあとじさった。

屈強な体軀《たいく》の勇吾が彩子をつかんだ。そして、屈辱的な剃毛のときのように、布団に横たえて大の字にくくりつけてしまった。

夜具を敷く場所はいちだん高くなっているが、こうして人を拘束するのに便利なように、四方に縄を引っかける鉤《かぎ》までついている。

「存分にお声をおあげになってかまいません。心を解き放って、周囲の何ものをも気にせず、ただ肉の悦びに浸ればいいのです」

八助がそう言うと、勇吾は彩子の赤い伊達締めを解いて長襦袢を左右に割った。

「いや……」

もはや、あらがいは虚《むな》しい。だが、翳りを失ったそこを意識すると、躰を見られるのがいっそう恥ずかしくてならない。彩子は手首と足を拘束している左右の縄を引きながら腰をよじった。

勇吾が退いた。代わりに八助が傍らにやってきた。

節くれだった手が彩子の長い髪を撫でた。

「怯えた顔をなさって……琴絵様も最初はそうでした。けれど、あるとき、地獄と思っていたものが、実は極楽だったと気づくのです。その瞬間、若奥様の心もお躰もすべてから解放されるのです」

彩子は唇を震わせながら、秘園を剃毛した老人を、眉間に皺を寄せて見つめた。

「あう！」

八助だけを見ていた彩子は、勇吾に足の親指を咥えられ、ギョッとした。払いのけようにも、足首にロープがまわっていて動かない。

生あたたかい唇と唾液の感触……。指と指の間を舐めていく勇吾。そんな汚いものを……

と、彩子はおぞましかった。それなのに、ゾクッと妖しい感触が突き抜けていく。

「や、やめて……あう」

身をよじる彩子の肌が粟立った。

「足指の先から頭の先まで、いえ、髪の毛の一本一本まで女は感じることができます。幸せなことです」

八助は彩子の唇を指でなぞったあと、餅のようにやわらかい耳たぶに、あるかなしかの息を吹きつけた。

「くうっ」

ざわざわと肌がそそけだった。足指を舐められているだけでもぞくぞくする。そのうえ、八助には耳を責められ、早くも子宮のあたりが切なくなってきた。

勇吾は十本の足指を執拗に舐めまわしている。たったそれだけの行為が、神経を鋭くしている。

くすぐったいようなおぞましいような感触が、快感に変わっていく。皮膚の表面のあらゆる細胞が剝き出しの神経になっていくようだ。

八助は首筋をそっと撫でまわしたあと、みずみずしい白いふくらみを揉みしだきはじめた。足指を愛撫されることで、乳首は小さいなりにコリコリと立ち上がっている。

八助はその堅くしこった乳首を人差し指と中指ではさんだ。指をひらいては閉じ、そっと乳首を責めた。

「あああ……いや……だめ」

秘芯など触れられてもいないというのに、乳首と足指からの刺激が皮膚をそそけだたせ、それは疼きにかわっていく。そして、触れられていない女の器官がトクトクトクッと脈打ってくる。それは拘束されているだけに辛い疼きだった。

「はあっ……あう……ああっ」

彩子は甘やかな声をあげながら、魚のように総身をくねらせた。

体温が上昇してくる。汗が滲んでくる。額に黒髪がこびりつく。腰をクネクネとさせてしまう。

濡れた紅い唇のあわいから白い歯を覗かせながら、彩子は眉根を寄せ、ときどき顎を突き上げながら喘いだ。いっときもじっとしていることができなかった。

「やめて……ああ、いや……」

熱いものがじわじわと体奥から迫《せ》り上がってくる。

手足の拘束を解かれ、乳首を両手で隠したい。足指の間を舌が滑っていかないように、立ち上がって床を踏ん張っていたい。

「んんん……はあっ……くううっ」

彩子にできることは喘ぎ声をあげることだけだ。唇を嚙んでもすぐに声が洩れ、口をあけてしまう。

彩子の白い肌が桜色にほんのりと染まり、汗ばみ、躰の下の朱の長襦袢に染みをつくった。

同じ行為を続けていた八助の二本の指が乳首をはさんだまま止まった。そうやっておき、別の指がしこっている乳首の中心をツンツンとつつきはじめた。

「あぁう……」

ズーンと大きな疼きが総身を駆け抜けた。

八助の動きがそうやって少しだけ変わったとき、足指を舐めていた勇吾の動きも変化した。足指を口から出し、踝から内腿へと舌を滑らせはじめた。

彩子をくっているため、感じやすいふくらはぎや膝の裏には触れることができない。それでも、Vの字にひらいている脚の間に躰を入れて顔を埋めれば、太腿の付け根を舐めまわすことはできる。

翳りを剃り上げられた無毛の肉饅頭が、脚を広げている分だけ恥ずかしげに口をあけている。そこからねっとりとしたピンク色のメスの器官が覗いている。

同じところばかりねっちりと責められて昂まったことを証明している透明な蜜液が、トロッと秘口から流れ出し、会陰をしたたっている。赤貝のような二枚の花びらは、興奮に充血してぷっくりとふくらんでいる。

彩子の躰が女の悦びを十分に感じている証拠だ。貴成以外の者によって感じることができる証だ。

勇吾は性の指南役として八助の後を継ぐことになっているだけに、辛抱強い。

健康で屈強なオスの盛りの三十歳。普通なら、裸の女をこうして拘束するだけで犯したくなるはずだ。まして、彩子は誰の目から見ても魅惑的な女だ。手の届くところに剝き出しの秘園がありながら、さっきからそれに触れもせず、もっとも遠いところからゆっくりと愛撫している。

いきりたった肉棒を濡れた女壺に押し込むことは簡単だ。だが、犯すのではなく、彩子にせがまれて入れなくてはならない。

女の躰は脆《もろ》い。愛情をこめて全身隈なく愛してやれば、必ず落ちるはずだ。

女の躰は、燃えて燃えて必ずはぜるようになっている。だから、燃えたたせるだけ燃えたたせ、はぜる寸前までもっていく。

はぜたくてたまらない女は、焦らされるほどに堪えきれなくなり、男に救いを求める。そのとき男が引けば、女は自ら犯されることを求めて躰を投げ出すのだ。

内腿を舐めていると、彩子の秘芯の匂いがほのかに漂ってきた。勇吾はそのメスの匂いを嗅ぎながら、肉棒をひくつかせた。それでも秘園にはいっさい触れず、より秘芯に近い内腿をベチョッ、ベチョッと舐めまわした。

ようやく乳房から手を離した八助は、彩子の総身や表情を観察しながら、女芯を見るまでもなくしとどに濡れていることを察していた。

筆を取り、水をつけた。腋下、乳房、臍のあたりへと間延びした速度で筆を滑らせた。

「はあああっ……くううっ……んんんっ」

肌を火照らせた彩子は胸を大きく喘がせながら、妖しく総身をくねらせていた。

拳を握ったりひらいたり、足の親指をピンと立てたり戻したり、感じすぎるようになっている躰から気をそらそうとした。

もうじき、耐えられなくなる。すでに限界なのかもしれない。

「いや……いや……」

熱い。燃えるように彩子の総身は熱い。エクスタシーの波が、さっきからすぐそこまで来ている。それなのに気をやることができない。

肝心のところをさわろうとしないふたり。じわじわと燃え立たせておきながら、その半端な、いちばん苦しいところに留《とど》まらせる焦れったい愛撫をつづけているのだ。

今の線を越えたい。あと少しで越えられる。越えれば一気に駆けのぼってはぜることができる。だが、ふたりはそれ以上のことをしない。

「んん……だめ……」

「若奥様、熱うございましょう？　若奥様がいやだとおっしゃっても、お躰はこうして男のものを欲しがって燃えてくるのです。何の遠慮もいりません。どうしてほしいかおっしゃいませ」

八助は彩子のこめかみの汗を拭いてやりながら、下腹部に顔を埋めて辛抱強く内腿を舐めまわしている勇吾を眺めた。

彩子の尻は、絶えずむずがるようにくねっている。

「ああっ……」

女になって間もないにもかかわらず、彩子の腰は、まるで男とひとつになって交わっているような動きをしていた。

「若奥様、これを上手にお舐めになることがおできなら、いましめを解いてさしあげてもかまいません」

八助はエラの張った男形の淫具を口元に差し出した。そのとき、勇吾が花びらを指でそっとくつろげた。そして、蜜でぬめ光っているそこにゆるい息を吹きかけた。

「はああっ」

８の字を描くように彩子の腰がくねった。勇吾が息を吹きかけたのは一度だけだった。さらに大きく陰部をくつろげて眺めながら、ぬるぬるしている会陰を別の指で上下に滑らせはじめた。

「貴成様のものと思ってお舐めなさいませ」

八助が淫具を彩子の唇のあわいに押し込んだ。

大きくくつろげられた女芯を風がなぶっている。会陰は指でなぶられている。彩子はのぼせそうだった。

口を割って入ってきた淫具を、彩子は素直に口に含んだ。舌で側面を舐めまわした。そうすることで気をまぎらすことができるなら、これまでにない情熱をこめて愛撫した。

八助がゆっくりと淫具を出し入れする。淫具が出ていってしまいそうになると、彩子は舌を出してまで亀頭部を舐めようとした。

「若奥様、そうです。そうやって貪欲なほどにお求めなさいませ。陰部《ほと》がこれを入れてほしいと言っているのではございませんか？　入れてほしいなら、そうおっしゃいませ。奥の奥まで押し込んでさしあげます」

勇吾が花びらの縁を舌先で舐めた。

「くっ……」

彩子の腰が跳ねた。

つづけて舐めようとせず、勇吾はときたま思い出したように花びらの縁だけ舐めた。

焦らされている時間、彩子は淫具にむしゃぶりつき、ペチョペチョと音までさせて舐めまわすようになった。それでも、火照りを鎮めることはできなかった。

そこまで近づいていながら燃えつきることのないもやもやした半端な快感に、彩子はついに首を振り立てた。

「ああ、もっと……もっとして……お願い」

「これではなく、勇吾のものをお舐めになれば、勇吾も悦んで若奥様の陰部《ほと》に太いものを突き刺すことでしょう」

八助は彩子の手首のいましめをはずした。同時に、勇吾は足のいましめをはずしていた。

作務衣を脱いだ勇吾は、彩子の横に仰向けに躰を倒した。グイと天を突くように反り返った肉棒を見た彩子は、息を飲んだ。だが、躊躇《ちゅうちょ》したのはほんのひとときだった。

ふたりがかりでじわじわと執拗に責められつづけたあとだけに、体内でくすぶっている妖しい炎はすぐには治まりそうにない。半端な火照りを癒してほしいと、彩子は勇吾の上にかぶさり、貴成のものではない肉棒を口に含んだ。そして、不器用ながら、顔を浮き沈みさせたり、側面や亀頭を舐めまわした。

貴成のものでさえ、彩子はこれほど激しく口で愛撫したことはなかった。いつも促されて、遠慮がちに口に含んでいた。

勇吾は半身を起こすと、彩子を仰向けにした。それから彩子の上に乗り、シックスナインの体勢になって秘芯を舐め上げた。

「くうっ！」

顔の上に勇吾のいきりたった肉棒がある。秘園は口で責められている。彩子は声を上げながら、さらに疼いてきた躰をひくつかせた。

「若奥様、勇吾のものも口に含んで愛撫するのです。これは椋鳥《むくどり》という形です。ふたりがいっしょに行う愛撫です。さあ、太いものを口にお入れなさい」

彩子は八助に言われるまま、勇吾のものを口に含んだ。

「くく……ぐ……」

クンニリングスの快感に、彩子は肉棒を咥えたまま、声にならない喘ぎをあげた。口に入れているのが精いっぱいで、さっきのように顔を動かしたり舐めまわしたりする余裕はなかった。

勇吾は椋鳥を崩した。

彩子をうつぶせにし、最初に拘束していたときのように、また足指を口に入れて舐めまわした。

「あああ……」

彩子は顎を突き出して喘いだ。全身が性感帯のようになっている。足指を舐めまわされる嫌悪感もなくなっている。

子宮が、背中が、胸が、頭がズクズクしている。

十本の足指を舐めまわしてしまった勇吾は、ふくらはぎから膝裏へとじわじわと舐め上げていった。

「はああっ……」

彩子は喘ぎながら七色の光のなかをさまよっていた。

脚の付け根まで舐め上げてきた勇吾が、尻肉を撫でまわした。

「若奥様、太いもので突いてほしければ、お尻をお上げなさい。勇吾が濡れた陰部《ほと》の奥の奥まで貫いてくれるでしょう」

八助の言葉は聞こえたが、彩子は自分で尻を持ち上げる力もなかった。

勇吾が彩子の腰を高く持ち上げた。そして、花びらをくつろげ、桃色にぬめ光っている淫猥な器官を、ピチャピチャと破廉恥な音をさせながら舐めまわした。

「くうっ！　んんっ！　ああっ！」

くすぶっていたものが発火し、一気に燃え上がった。

ついにエクスタシーの大波が躰を突き抜けていった。総身が大きく痙攣した。秘口と菊口がヒクヒクと収縮を繰り返した。

彩子の腰は勇吾によって支えられて、持ち上げられていた。彩子の意識は宙をさまよっていた。

執拗に焦らされたためか、彩子がかつて経験したことがないほど大きな法悦のうねりだった。

勇吾は腰を支えたまま、ひくつく秘口に舌を差し入れ、肉棒のかわりに出し入れした。

「ヒイイッ！」

さらに大きな波が駆け抜けていった。

彩子は感電しているように打ち震え、我を忘れて声をあげた。苦しいほどの法悦の波が次々とやってくる。

勇吾の舌は、次に、うしろのすぼまりに移った。

紫苑色の愛らしい菊の花は8の字筋で秘口と繋がっているだけに、秘口と同じ収縮を繰り返している。すぼまりの中心を舌でつついた。

「ヒッ！」

彩子の尻が跳ねた。

恥ずかしいところを舐められている。排泄器官でしかないところを。貴成と基一郎にも舌で触られたことがある。そのときは逃げたくてしかたがなかった。

だが、今も恥ずかしさに変わりはないが、自由にして、という気持ちになっている。逃げようという思いや拒もうという気持ちさえ、強烈なエクスタシーのなかで失なわれていた。

「ううん……」

彩子はトロトロと蜜液をこぼしながら、七色の光を見つづけていた。

また勇吾が彩子をひっくり返した。そして、正常位でいきり立った肉茎を突き刺した。

「んんんん」

ようやく自分を貫いた剛直に、彩子は大きく口をあけた。それは奥の奥まで深々と突き刺さり、肌と肌を密着させた。

あたたかくやわやわとした肉襞が、肉根をクイクイと締めつけてくる。村にとっては特別の女、祭領地家の彩子ととうとうひとつになったことで、勇吾の昂ぶりはひとしおだった。

貴成が兄の葬式に彩子を連れてきたときから、いつしか彩子とこうなることは、勇吾には定められていたことだ。だが、実際にこうなってみると、考えていた何倍も何十倍もの感激がある。

勇吾は濡れているような彩子の紅い唇を塞いだ。まだ拒まれてもしかたがないと思っていたが、彩子は予想外に、むさぼるようにそれを受け入れた。

恥毛が元どおりになるまでに、彩子を選ばれた村の女として自覚させ、祭領地家に戻すこと。それが八助や勇吾に与えられた性の指南役としての勤めだ。

昨夜からの勇吾の不安は消えた。この分だと、ひと月かふた月後に彩子を屋敷に戻したとき、貴成も基一郎も、おおいに八助と勇吾を誉めてくれるだろう。

熱い彩子の唇と、我慢に我慢を重ねていた勇吾の唇は激しく合わさり、舌を絡ませて唾液を奪い合った。

そうしながらも、勇吾は自分の役目を忘れなかった。肉棒を奥まで差し入れたまま、指で彩子の肉の芽を剥き、揉みしだいた。

「くう……」

唇を塞がれて声の出せない彩子は、小鼻をふくらませて鼻からかわいい喘ぎ声を洩らした。

湿った鼻息が熱い。

「くっ！」

勇吾の指で、彩子がふたたび絶頂を極めて打ち震えた。

勇吾の肉柱は肉襞に強く締めつけられ、精液を絞り取られそうになった。それをクッと奥歯を嚙みしめて耐えた。

まだこれから、彩子に本当の悦びを教えなければならない。貴成と基一郎から、彩子はまだ膣で法悦を極めることを知らないと聞いている。

指で二、三度イカせた勇吾は、ようやく抽送に入った。二回浅いところをやさしく突き、三度めは子宮壺を突くほど深く挿入する。

浅く浅く深く。浅く浅く深く……。

普通の男なら激しく突いて一気に果てたいところだろうが、勇吾は自分の悦びのためではなく、あくまでも彩子の悦びを開発するための道具として動かなければならないのだ。

「若奥様、いいお顔です。何かおっしゃってごらんなさい。気持ちがいいでしょう？　どこがいいんです？」

思っていた以上の勇吾の働きに満足しながら、八助は彩子にゆっくりとした口調で尋ねた。

「あああ……いい……いいの……あそこが……ああ……おかしくなる」

秘口や肉襞や女壺の底が妖しく疼いている。泣きたくなる。切ないほどの疼きがつづいている。

「おかしくなる……おかしくなるの……あああ……もっと……」

規則正しくゆっくりと、浅く浅く深く、と繰り返す勇吾に、彩子は辛抱しきれなくなった。

「もっと早く……もっと深く……ああ、もっと」

眉間にかわいい皺を寄せ、唇のあわいから白い歯を覗かせながら哀願する彩子に、勇吾はラストスパートに入りたい衝動に駆られた。それを堪え、今までどおりのスピードでつづけた。

彩子は自ら勇吾の背に腕をまわし、ついに腰を動かしはじめた。その腰の動きは未熟だった。だが、終始受け身だった彩子が、ついに自分から求めることを知ったのだ。

勇吾は繋がったまま回転し、自分が下に、彩子を上にした。

「若奥様、腰を浮かせたり沈めたりなさいませ。自分でイッてごらんなさい」

八助の言葉に、勇吾に跨《また》がった彩子は半身を起こし、不器用に尻を浮き沈みさせた。

「あああ……いい」

彩子は泣きそうな声で言いながら、勇吾の肉棒の心地よい刺激にうっとりした。

勇吾も下から腰を突き上げた。

「くっ！」

いきなり奥底を突かれ、彩子は顎を突き出した。

「勇吾、そろそろいいだろう」

八助に許され、勇吾は精をこぼすことができるのだとホッとした。

それでも、女性上位の〈時雨茶臼〉より、より彩子を大切に扱いながらイキたいと、〈唐草居茶臼〉の体位に変えるため、勇吾は半身を起こした。そして、あぐらをかくようにして、自分に跨っている彩子の背中を抱いた。

八助が彩子の足を勇吾の腰に巻き付けた。

深く器官が結ばれているだけでなく、胸も密着している。勇吾は彩子の唇を塞いだ。それから、腰を動かした。

「はああああっ……」

やがて彩子に、これまで味わったことがないゆるやかで恍惚としたエクスタシーが訪れた。それは肉の豆を揉みほぐされてやってくる激しい法悦ではなく、繰り返し繰り返しゆったりと打ち寄せる波だ。

彩子はぼんやりとした目をして、夢のような世界をたゆたっていた。

勇吾の腰の動きが速くなった。

この体位での動きは難しい。だが、勇吾は鍛えられた屈強な躰でコトをこなしていた。

「くっ！　あう！　んっ！」

強烈な動きに、彩子の口から悲鳴に似た喘ぎがほとばしった。

「うっ！」

ついに勇吾は彩子の体内深く、多量の白濁液を噴きこぼして果てた。

3

久しぶりに本堂の小部屋で琴絵に会い、彩子は涙ぐみそうになった。

「彩子さんがあの日にお屋敷を抜け出して切り通しを抜けたと聞いたとき、お義父様はとても哀しんでいらっしゃったわ。無口になって、珍しくお食事もお残しになったのよ」

八助と勇吾に性の悦びを教えられるようになって十日、あれほどおぞましいと思った基一郎との性を、彩子は懐かしくさえ思うことがあった。

彩子の胸は痛んだ。やさしい義父を哀しませたことが悔やまれる。

「貴成さんは……もう私のことを嫌いになったんでしょう？」

貴成に会って話したかった。だから屋敷を抜け出した。だが、あのとき、最悪の場合は別れることになるだろうと思っていた。それも仕方がないと思った。けれど、今は貴成が恋しくてならない。

結婚してわずか二週間しか貴成と暮らしていない。それなのに、昇龍寺での暮らしは十日となった。まだ恥毛が生え揃うには時間がかかる。

貴成との暮らしより、ここでの暮らしが長くなることが、彩子には不安でならなかった。勇吾を愛してしまいそうで恐ろしかった。いや、すでに勇吾を愛しているのかもしれない。

「ね、お義姉様、貴成さんはもう私のこと、嫌いになったんでしょう?」

そうだと言われれば哀しい。だが、それなら、勇吾との暮らしがあるかもしれない。

「早く会いたいということよ。思っていた以上に早く逃げ出されたって、苦笑してたわ」

苦笑……? 彩子には貴成の気持ちが理解できなかった。

「見せて」

「何を?」

「ソコ。剃られてしまったところ」

「いや……」

妖しい笑いを浮かべた琴絵に、彩子はポッと頬を染めてうつむいた。

「どのくらい生えたの? ね、見せて。貴成さんとお義父様に報告してあげるわ」

「いやいや。もう帰れないの……お屋敷には帰れないの」

「どうして?」

「だって……毎日……勇吾さんに……」

勇吾は時間をかけて、いつも深い肉の悦びをもたらしてくれる。

今では男の愛し方も教えられ、口や指で肉茎や皺袋を上手に愛せるようにもなった。自分が動いて男を悦ばせることも学んだ。恥ずかしい体位もたくさん教わった。八助にも誉められるようになった。

だが、そうなればなるほど、貴成から遠くなるような気がする。許されないことをしているのだと、夫への罪の意識に苛《さいな》まれる。けれど、恍惚とした肉の悦びのなかで、彩子は勇吾を拒むことができなくなってしまった。むしろ、自分から求めることもある。肉の疼きに耐えることができない。

「みんな待っているわ。きれいに生え揃ったらお迎えにくるわ」

貴成に会いたい。だが、恐い。彩子はまだ村の掟を十分に理解することができずにいた。

「私がここにいる間、八助さんも勇吾さんも入ってこないわ。ね、見せてちょうだい。チクチクする？」

ふふと笑った琴絵は、朱の長襦袢の裾に手を入れた。

「あっ、だめ」

彩子は慌ててその手をどけた。ここにきてから、いつも長襦袢だけしかつけていない。その下には肌を隠すものは何もない。

「勇吾さんを呼んで、その悪いオテテをくってもらおうかしら。そこに大の字にくくってもらったら、見られるわね」

かつて彩子のようにここに閉じ込められ、妖しい教えを受けた琴絵は、布団の方を見やった。

「勇吾さん！」

琴絵は小部屋の入り口に向かって言った。

「はい」

勇吾の声がすぐに返ってきた。

「待って。お義姉様、待って」

「見せてくれるの？」

彩子は迷いながら、それでもうなずくしかなかった。勇吾には何もかも見られてしまった。恥ずかしいことも毎日されている。けれど、琴絵といっしょに見られたくはなかった。

「勇吾さん、もういいわ」

琴絵はそう言うと、彩子を見つめて唇をゆるめ、長襦袢の裾に手を入れた。

彩子は息を止めた。

琴絵の指が太腿の間を探り、中心に伸びてきた。家事をしないほっそりとした白い指は、堅く合わさった彩子の秘園を撫でまわした。彩子の内腿がすぐにじっとりと汗ばんだ。

美しく聡明な琴絵。哀しくも艶やかな未亡人琴絵。その琴絵がねっとりとした視線を彩子に向け、破廉恥なことをしようとしている。

彩子は胸を喘がせた。喉がコクッと鳴った。

指は一センチに満たない恥毛を確かめるように肉饅頭のあたりを撫でると、さらに恥丘へと動いていった。

「ふふ、チクチクするわ。何にもないつるつるのココ、見たかったわ。かわいかったでしょうね」

恥ずかしい言葉と妖しい指の動きに、彩子は身をよじった。

「さあ、見せて。脚をひらいてココを見せて」

琴絵のねっとりした囁きが彩子の耳に届いた。彩子はイヤイヤをした。

「見せてくれないなら、やっぱり勇吾さんを呼んでくってもらうわ」

「だめ……」

「ふふ、恥ずかしいんでしょう？　いまさら勇吾さんにくくられるのは。私がいないときはうんと恥ずかしいことをしているくせに」

心の底を覗かれているようで、彩子は汗ばみながら目を伏せた。

「さあ、横になって」

彩子はためらいながら、それでも長襦袢の前を堅く合わせて仰向けになった。

勇吾に愛されるときは躰もほぐれるようになっているが、相手が同性の琴絵とあって、彩子は緊張に躰が震えた。

伊達締めを解かれ、長襦袢の裾が大きく左右にめくられた。彩子の乳房が波打った。

不自然な長さの翳りを見て、琴絵は唇をゆるめた。

「あと何日でもと通りになるかしら。早く生えてくるといいのに。そしたら、お屋敷でみんないっしょに暮らせるのに」

チクチクする翳りを掌で撫でながら、琴絵も彩子のかたわらに横たわった。そして、堅くなっている彩子に唇を合わせた。

「く……」

思いもよらない行為に、彩子は首を振った。

「やわらかいオクチ……私には許してくれないの？　勇吾さんにはいつも許しているくせに」

琴絵はまた勇吾の名を出した。

貴成は恋しいが、勇吾を慕いはじめている自分を彩子は否定できない。それだけに、勇吾の名前を出す琴絵が気になった。

「不思議ね……貴基さんがいなくなってから、躰が熱いの。毎日毎日熱いの……以前より熱くて」

琴絵はそう言いながら彩子の手を取ると、自分の着物の胸元に導いた。

「ほら……熱いの……ね、熱いでしょう？」

女のふくらみのやわらかさに、彩子の指先も熱くなった。

「私の帯を解いて……私の着物を脱がせて……私をさわってちょうだい……熱いの」

ぐるりと囲んだ壁の秘戯画に惑わされたかのように、琴絵は彩子にそう言った。

彩子はただ首を振った。何か恐ろしいことが起こりはじめたような気がして、心臓がドクドクと高鳴った。

「意地悪ね……」

熱っぽい目をした琴絵は、彩子の上に乗り、また唇をふさいだ。

「くっ……」

やわやわとした琴絵の唇と、甘く噎せるような熟した女の体臭に、彩子は息苦しくなった。

チロチロッと琴絵の舌が彩子の唇を舐めまわした。

「かわいい……かわいいオクチ……いいえ、全部かわいいわ」

琴絵は乳房をつかんで乳首を軽く吸い上げた。

「ああ……だめ……お義姉様、だめ……」

だめと言いながら、なぜか彩子は琴絵を突き放すことができなかった。

勇吾によって教えられた深い肉の悦び。快楽への期待。彩子は琴絵もそんな悦びを与えてくれるような予感がした。唇を舐めまわされたときにズクリとし、乳首を吸われたとき、早くも秘口から蜜液がこぼれ出た。

勇吾のように琴絵も彩子の全身を舐めまわしていく。だが、勇吾とは微妙にちがう。

「ああ……」

女のやわらかい唇と指の愛撫に、じきに彩子は甘い喘ぎを洩らした。

義姉とこんなことをしている……。彩子は喘ぎながら不思議な気がした。なぜこんなことを黙って許しているのか。なぜ逃げようとしないのか……。

ここに囚われて十日。勇吾に抱かれ、八助に性技を教えられ、ただそれだけのはずが、躰だけでなく、心まで変化している。肉の悦びが、彩子をかつてのタブーから解放しようとしている。

ためらいはあったが、琴絵に愛撫されはじめると、これでいいのだという気がしてくる。

「いい子ね……ああ、とってもきれい……かわいいわ……脚を大きくひらいて、私に花びらや肉のオマメを見せてちょうだい」

彩子は鼻から荒い息を噴きこぼしながら太腿を離していった。

あらわになったぬめり輝くピンクの器官を、琴絵はうっとりと眺めた。視姦される肉の貝は、どこかしら恥ずかし気に見える。花びらが震えているようだ。

「かわいい……とってもかわいいわ」

琴絵は潤っている秘口にほっそりした指を押し入れた。

「あん……」

彩子の尻肉がヒクッとした。

「あったかい……男の人が羨ましいわ。オユビじゃなく、あの大きなものをココに入れることができるんだもの」

細い指さえ締めつけてくる肉襞に感嘆しながら、琴絵はゆっくりと指を出し入れした。

「ああん……あん……」

彩子はむずがるように腰をくねらせた。

「オマメもいっしょにさわってほしい？　ね、さわってほしいの？」

琴絵は唇を半びらきにして喘いでいる彩子を見つめた。彩子は喘ぐばかりでこたえようとしない。

「恥ずかしいの？　ココ、とってもあったかくて気持ちがいいわ。オマメもお帽子から顔を出してるわ……ふふ、かわいくておいしそう。食べてあげる」

女壺に指を入れたまま、琴絵は唇の先で肉芽をチュルッと吸い上げた。

「んんっ！」

顎を突き出し、あっけなく彩子は気をやった。肉襞が琴絵の指をクイクイと締めつけた。

絶頂の余韻が治まったとき、琴絵は指を出して着物を脱いだ。

みごとなまでに熟した女のまろやかな総身を、彩子は息を止めて見つめた。

「私の大事なところも愛して。ね、オクチでさわって」

自ら横になって太腿をひらいた琴絵に、彩子の心臓は破れんばかりに高鳴った。

漆黒の翳りに囲まれた秘園……。彩子より大きな紅梅色の花びらが、もっこりした肉饅頭から少しはみ出している。

はじめて見る同性の陰部の妖しい眺めに、彩子は喉の乾きを覚えた。

「オユビでして……オクチでさわって」

琴絵の囁きに呪縛されたように、彩子はそこにひざまずき、震える指先で陰部をくつろげた。

透明な蜜液がねっとりした糸を引いた。美しく輝く粘膜が、彩子の目に鮮やかに映った。

「きれい……」

彩子の声も震えた。

女はこんなにも美しい器官を持っている……。他人のものを眺めてはじめて、彩子に深い感動が湧き起こった。

こんなに美しく愛しい器官を持っているために、貴成だけでなく、基一郎も勇吾も琴絵さえもが自分を愛そうとするのだ……。

彩子が自分を愛しいと思うのは初めてだった。自分を愛しいと思うと同時に、琴絵にも震えるほどの愛しさを感じた。

「お義姉様、私を嫌いにならないで。早くお屋敷に帰りたい。貴成さんにもお義父様にも許してもらえるなら、許してもらえるなら……」

あとは言葉にならなかった。彩子の目から涙があふれた。

彩子は泣きながらぬめついている琴絵の器官を舐めまわした。琴絵の熱い喘ぎが彩子の耳に届いた。

4

「会いたかった……」

久しぶりの再会に、彩子は貴成に抱きついた。

昨夜も一昨日も、基一郎と琴絵にクタクタになるまでかわいがられた。だが、貴成はやっと今、東京から帰宅したのだ。

「もう逃げないか」

貴成はいちだんと艶やかになって戻ってきた彩子に昂ぶりながら、冷静さを装って尋ねた。

「ごめんなさい……」

「アソコを剃られて恥ずかしかったか」

「バカ……」

彩子の耳たぶがたちまち赤く染まった。

「邪魔なものを脱いで、全部よく見せてごらん。会える日がどんなに待ち遠しかったか」

遠い日、琴絵が着ていたような記憶のある、しっとりした淡い七色に染められた絞りの着物を、貴成ははやる気持ちのままに手早く脱がせていった。

身につけているものが畳に落ちるたびに、甘やかな彩子の肌の匂いがあたりに漂った。

貴成は自分の手で、最後に足袋も脱がせてやった。

「僕も彩子のツルツルになったかわいいココを見たい。せっかく生え揃ったんだろうが、これから剃ろう」

「いや！」

裸にされてすぐにそういうことを言われ、彩子は思わず下腹部を押さえた。

恥ずかしいというより、剃毛されたら、また貴成と離されてしまう……。そんな気もした。

そして、三日も会っていない勇吾をチラリと脳裏に浮かべ、今度は勇吾への切なさがふいに迫ってきた。

「いやと言っても剃るぞ。そう決めたんだ」

ふたりでの暮らしはたった半月だった。それよりはるかに長く引き離されていただけに、貴成は、今夜は朝まで彩子をかわいがりたいと思った。それも、思いきり恥ずかしいことをしたい。

貴成の彩子への思いは以前よりいっそう深くなっていた。

「キヨ！」

貴成は襖《ふすま》を隔てた隣室に控えているはずの、彩子付きの手伝いを呼んだ。

「ご用でございますか」

すぐにキヨがやってきた。彩子は慌てた。

「彩子の下の毛を剃るから剃刀と湯を用意してくれ」

「いやいや。だめっ」

彩子は悲鳴に近い声を上げた。

「せっかくお生えなさったのに、お剃りになってしまうんですか。よろしいんですか？」

貴成のうしろに隠れているものの、彩子がいやがっているとわかるだけに、キヨは遠慮がちに尋ねた。

「ああ。子供のようになった彩子を見たいんだ。どうせ、また生えてくる。用意してくれ」

「だめっ」

「急いで持ってきてくれ。押さえつけておくから」

ふふと笑った貴成に、キヨが出ていった。

「いや。またあそこに行くの？　ね、そうなの？」

「あそこはいやか？」

「いやじゃない……でも、貴成さんと会えなくなるのはいや……勇吾さんにも会いたいけど……」

昇龍寺の本堂脇の淫靡な部屋で、朝から晩まで勇吾に愛されたことを、屋敷に戻ったそのときから彩子は幾度も思い出していた。

あの太い腕にもう一度思いきり抱きしめられたい……。

夫である貴成に久々に会える期待に胸を躍らせながら、同時に、勇吾への熱い思いをどうすることもできなかった。

貴成に会えたということは、勇吾に会えなくなったということだ。勇吾に会えるということは、貴成と会えないということだ。どちらも彩子にとっては辛すぎる。

口にしてはならないと思っていたことをふっと洩らしてしまった彩子は哀しみに涙ぐんだ。

「勇吾に会いたいのか。会いたいなら会わせてやる。たったいま呼びにやってもいい。だけど、ココを剃るのはやめないぞ。ココをツルツルにして、勇吾といっしょにじっくりかわいがってやる」

貴成の言葉の意味を彩子はさぐった。

「勇吾さんに会えるの……？　ここで会えるの？」

「当たり前だ。彩子が逃げたりしないなら、いつ誰に会ってもいい。誰にかわいがってもらってもいいんだ」

わだかまりが消え、彩子は喜びにつつまれた。

「勇吾さんに恥ずかしいことをいっぱいされたの……勇吾さんのように恥ずかしいことをして……」

彩子は貴成の胸に顔を隠し、羞恥に火照った。

「よし、勇吾を呼ぼう。彩子が勇吾にどんな恥ずかしいことをされて濡れるか見てみたい」

貴成は屋敷に住み込んでいる男に、勇吾を呼びにやらせた。

彩子はそれだけでますます総身が火照り、じんわりとした秘芯の疼きを感じた。

「彩子、静香様の話は八助に全部聞いただろう？　あの時代から、この村とは切れない人がいる。父だけでなく、もうひとり、主様と呼ばれる外の人がいる。年に何度かその人がやってくる。彩子はそのときどうしたらいいかわかるだろう？」

彩子はコクッとうなずいた。

もうひとりの主様とはどういう男だろう。恰幅のいい地位のある男だろうか。有名な男だろうか。それとも、市井《しせい》の人なのか……。

ともかく、そんなことより、いまの彩子には勇吾がやってくるのが待ち遠しい。無口な、ほとんど口をあけない勇吾。けれど、いっしょにいればいるほど勇吾のやさしさがわかる。

「失礼いたします」

キヨの声がした。

運ばれてきた桶にたっぷりと湯が入っている。剃刀もある。

「貴成様、本当によろしいんですね？」

「ああ。ツルツルになっている彩子を見たら、勇吾の奴、きっと驚くな。勇吾の顔を見るのが楽しみだ」

「まあ、いたずらのおつもりですか」

「お仕置きできないほど彩子はお利口になってしまったからな」

　昇龍寺で剃毛されたのは仕置き。これからは貴成のいたずらなのだ。しかし、どちらにせよ、ツルツルになった秘園を、また勇吾に見られるのだと思うと、彩子の秘芯は脈打つように疼いた。

　触れられていない秘口から、とろりと蜜があふれ出した。よけいに剃毛されるのが恥ずかしくなった。

「やっぱりイヤ。恥ずかしいこと……しないで」

　彩子は期待に昂ぶりながらも、拒絶の言葉を繰り返した。

「おとなしく剃らせるか？　いやなら父や義姉さんも呼ぶぞ」

　彩子は唇をかすかにひらいて喘いだ。

「キヨ、ふたりを呼んできてくれ」

　こたえない彩子に、貴成はキヨに命じた。

「だめっ。呼んじゃだめっ。呼ばないで……」

　立ち上がろうとしたキヨの腕を、彩子は慌ててつかんだ。

　とうに基一郎にも琴絵にも愛された。屋敷に戻ってきた日から、ふたりにいっしょにかわいがられている。至福の時間だった。それでも、貴成も交えていっしょにかわいがられるとなると恥ずかしくてならない。一対一なら気持ちもほぐれるが、複数でとなると、緊張してしまう。

八助と勇吾に同時に愛されるのには慣れた。だが、貴成に愛されるときは、第三者がいたことはない。だから、基一郎や琴絵を呼ばれたくない。

同じ屋根の下で暮らしている以上、遠からず、貴成、基一郎、琴絵の三人に同時に愛されることになるのは予想できる。だが、今夜は、久しぶりに会うことができた愛する夫と、昇龍寺で性指南のために抱かれているうちに情が移ってしまった、愛しい勇吾のふたりだけに愛されたい。

「呼ばれたくないならいい子になるか」

彩子はコックリとうなずいた。

キヨが丁寧なお辞儀をして出ていった。

「足をひらいたら、彩子の恥毛をきれいに剃ってくださいと言うんだぞ」

布団が汚れないように、貴成は彩子の尻に厚めのタオルを敷きながら言った。

彩子は恥ずかしさに喉を鳴らしながら足をひらいていった。

「彩子の……彩子の……」

「彩子の何だ」

貴成に見おろされながら、彩子は何度も喉を鳴らした。

「彩子の恥毛を……」

彩子は恥ずかしさにイヤイヤをした。

「恥毛を……きれいに……きれいに剃ってください。いやあ！」

彩子は顔をおおって身悶えした。

おそらく、どんな日々を過ごそうと、決して羞恥を失なうことがないだろうに彩子に、貴成は自分の伴侶として彩子を選んだことはまちがっていなかったのだと、あらためて震えるほどの喜びを感じた。

翳りの部分を濡らし、シャボンを泡立てた。

「バカ……貴成さんのバカ……」

また子供のようにされてしまうのだ。剃毛されること、それをやがて勇吾に見られること。

彩子は両方のことを考えて総身が熱くなった。

「彩子が剃ってくださいと言うんじゃ、剃ってやらないわけにはいかないな」

貴成は剃刀を湯に浸し、腹部にそれを当てた。波打っている美しい乳房が、彩子の緊張や羞恥を表している。

貴成は新妻に対する破廉恥な行為に興奮した。

シャリッ。ついに剃刀が滑った。そのあとにはつるつるの白い肌が現れた。

シャリシャリッ。泡にまみれた翳りが消えていく。彩子は恥ずかしさと剃刀を当てられる恐怖に身じろぎもせず、ただ荒い息をこぼしていた。

「ワレメのあたりはやりにくいな。彩子は八助さんに剃られたんだろう？　それとも勇吾か」

彩子はこたえなかった。総身がゾクゾクする。肌を傷つけられたらという恐怖と、妖しい昂ぶりがないまぜになっている。

「もう少し足をひらいてごらん。ワレメのところは剃りにくいんだ。どうした、ひらいてごらん。しょうがないな」

動かない彩子に、貴成は自分の手で左右にひろげた。そして、指で柔肉のあわいをくつろげながら、一本残らず翳りを剃り落とすため、慎重に剃刀を動かしていった。

すっかり剃り落としたあと、湯で翳りのあとを流して拭くと、花園は幼児のようにつるつるになった。だが、その景色と裏腹に、秘園からねっとりした透明液があふれている。

性行為そのものをしなくても、恥ずかしいことをされるだけでぐっしょり濡れるようになった彩子に、貴成の肉茎もますますいきり立った。

「剃られてしまって興奮したのか。アソコが洩らしたように濡れてるぞ。彩子は恥ずかしいことをされるのが大好きな女だったんだな。ほら、これを見ろ」

会陰へとしたたっている蜜液を指ですくった貴成は、彩子の目の前に差し出した。

いつしか屈辱の行為で妖しく感じるようになっている自分を彩子は知っていた。それを貴成にも知られたことで、彩子は頰を赤らめながら熱い息を洩らした。

ねっとりと指にまとわりついている蜜を舐めた貴成は、彩子におおいかぶさって唇を塞いだ。

剃毛と久しぶりの再会に、ふたりとも鼻から湿った息をこぼしながら舌を絡めて互いの唾液をむさぼりあった。彩子がこれほど情熱的に自分を求めて舌を動かしていることに、貴成は感動した。

いっしょに東京に連れて行ってとせがんだ彩子が、今では基一郎にも抱かれ、琴絵にも愛され、勇吾に愛されることも望んでいる。こうして貴成の唾液を求めるために、驚くほど積極的になっている。

彩子の躰が熱い。貴成の躰も火照っていた。

貴成は彩子の唾液を吸いながら、つるつるになった部分に指を伸ばして撫でまわした。そして、花びらのあわいにそっと指を滑らせた。

「うぐ……」

唇をふさがれている彩子がくぐもった声を上げ、総身をヒクッとさせた。蜜でねっとりとなった女の器官が愛しい。貴成はぬるぬるしている花びらや肉芽を撫でまわした。

「ん……んぐ……」

彩子は腰をくねらせた。貴成の唾液をむさぼることができなくなった。

「ココをさわられるとそんなに気持ちがいいのか。指より口の方がいいだろう？」

顔を離して問う貴成に、彩子は視線を落とした。

「口でしてくださいと言ってごらん」

彩子が恥じらいながら口にする言葉を聞きたい。それを聞くことで貴成の獣欲はいっそう煽《あお》られる。

彩子はすぐには口をひらかなかった。

「言わないなら今夜はやめだ。勇吾だけに抱かれるといい。勇吾の方がいいんだろう？」

そんなふうにあの手この手を使って、貴成は聞きたい言葉を無理に言わせ、彩子を思いどおりにしていった。

愛しいピンク色の器官を舐めまわすほどに、ヌルヌルはいっそうあふれてくる。花びらが充血してぼってりと咲きひらき、肉芽も大きく成長して包皮から顔を出してきた。その輝く宝石を舌先でつつき、チュルッと吸い上げた。

「んんっ！」

絶頂を極めた彩子の総身が打ち震えた。法悦が治まらないうちに、貴成は剛棒を濡れた秘口に押し込んだ。

「ああっ！」

ふたたび極めた彩子が、貴成の肉棒を熱い肉襞で何度も締めつけた。

久々に味わう彩子の女壺は、ねっとりとぬかるんで妖しい収縮を繰り返している。わずか半月だった新婚生活。そのときの彩子に比べ、驚くほど女体が開発されたのがわかる。

翳りを剃られ、生え揃うまでの期間、彩子はどんな性の指南を受けたのか、おおよそわかっているつもりの貴成だが、彩子が昇龍寺で剃毛されたときに遡って、寺での日々を覗いて見たいと思った。

「彩子、いい気持ちだ。彩子のアソコが僕のものを必死に握りしめている。彩子をここまでにした勇吾が妬《や》ける。妬いている自分が不思議だよ」

そのとき、廊下で足音がした。

「勇吾です。ただいま参りました」

彩子はハッとした。もうひとりの愛しい男の声だ。

「入ってくれ」

太いもので中心を貫かれている彩子は、勇吾以外の男に抱かれているうしろめたさと羞恥に、貴成から躰を離そうとした。それを貴成が、背中にまわした腕に力をこめていっそう強く引き寄せた。

閨の襖が開いた。

困惑した彩子は、勇吾を見つめて泣きそうな顔をした。貴成の胸を必死に押した。だが、貴成は結合を解こうとしなかった。

作務衣姿の勇吾は、ふたりの交わった姿を見ても顔色を変えなかった。

「勇吾、彩子の膣が、実にいい具合に締めつけてくる。こんなに立派に育ててくれて感謝するよ」

正座した勇吾が頭を下げた。

「彩子が勇吾に会いたいと言うんだ。すっかり惚れてしまったらしい」

「いえ、そんなはずは……」

勇吾の喉仏がコクリと動いた。

「もう二度と彩子が村から逃げるようなことはないだろう。八助さんと勇吾のおかげだ」

勇吾はまた頭を下げた。

「さっき、またアソコをつるつるにした。剃られながら彩子はびっしょり濡れた。こんなにいやらしい女とは思わなかった」

「いやっ！」

彩子が顔をおおった。

「あとで彩子をたっぷり辱めてくれ。どんな顔をして勇吾に抱かれるかじっくりと見てみたい」

貴成は腰を動かしはじめた。

「いやっ！　だめっ！」

かたわらの勇吾を意識して、彩子は貴成の胸を押した。勇吾に会えると思うと心が弾んだ。だが、こうして貴成に貫かれているところを見られると胸が痛む。勇吾に対して罪の意識を感じてしまう。おそらく、逆に、勇吾に貫かれているところを貴成に見られれば、貴成に対して胸が痛むのだろう。

「いやっ！　だめっ！　だめっ！」

貴成を押しのけようとしていると、勇吾が彩子の頭の方に移り、両手をつかんで肩の横で押さえつけた。

そうやって自分を見おろす勇吾を見つめ、彩子は激しく喘いだ。

夫に貫かれ、勇吾に押さえられていると、切なさがこみあげてくる。その切なさが妖しい炎をかきたてる。

「いやいやいやっ！」

身を揺すりながら、彩子は叫んだ。だが、言葉と裏腹に、心はこう叫んでいた。

(もっともっともっと！　ああ、もっと辱めて！　貴成さん、もっと激しく突いて！　勇吾さん、私が逃げないように押さえつけていて)

あまりの幸せに彩子は涙ぐんだ。あまりの快感にシーツに染みができるほど蜜があふれた。

貴成は随喜の涙を流す彩子を眺めながら、やがてラストスパートの激しい抽送に入った。

勇吾に腕を押さえつけられて声を上げている彩子を冷静に見つめながら、貴成は久しぶりに妻の体内に多量の精液を噴きこぼして果てた。

「堪え性がないな。もうイッてしまった。呆れたか」

貴成はふうっと大きな息を吐きながら、勇吾を見て笑った。

「久しぶりに彩子に会ったら、我慢できなくなった。今度は勇吾がじっくりかわいがってやるばんだ。彩子がいちばん恥ずかしがるようなことをやってくれないか」

肉茎を抜くと、勇吾がすかさず白濁液を拭う布を貴成に差し出した。そして、素早く動いて、もう一枚を、一本の翳りもない彩子の秘芯に押し当てた。

激しくうがたれてぐったりしていた彩子は、勇吾の行為を知ると、ひらいていた脚を合わせようとした。始末された秘園を見られるのも恥ずかしかった。だが、勇吾はグイと白い太腿をこじあけ、貴成の精液の残渣《ざんさ》を拭き取った。

「風呂に入れてきてもいいんだぞ。たっぷりと精を放ってしまったからな」

「いえこのままで……」

裸になった勇吾は、すでに反り返っている肉根を彩子に見せつけた。それから、無言のまま彩子の頭を跨ぐと、薄い紅を塗った唇に肉棒を押しつけ、容赦なく腰を沈めていった。

「うぐ……ぐ」

貴成が見つめている。貴成の前で勇吾のものを咥えさせられると、辱められているような気がした。イヤイヤをしようとしたが、太いものが喉に向かって深々と突き刺さっていて頭を動かすことができない。

「手はどうするんだ。教えてもらったんだろう？」

目を見ひらき、どうすることもできずに両脇で拳を握っている彩子に向かって、貴成が言った。

「勇吾に会いたいと言ったのは彩子だろう？　昇龍寺で教わったようにするんだ。勇吾のものを咥えてどうしていたんだ。口だけじゃなく、手も動かすんじゃないのか」

別の男の肉茎を口に含まされているというのに、夫である貴成が平然と言い放つ。だが、彩子にはすでにわかっていたことだ。切り通しの向こうの世界とこの村はちがうことを。そして、こうして複数の男達や義姉にまで愛される至福を。それでも、貴成と勇吾のふたりに愛される経験ははじめてなだけに、戸惑ってしまう。

昇龍寺でのように、勇吾を求め、奉仕し、愛されるところを貴成に見られていいのか。貴成の怒りを買うことにならないのか……。自由でいいのだとわかっていながらも、現実を前にするとたじろいでしまう。

「彩子、悟ったんじゃないのか？　何かお仕置きをされたいのか？」

彩子は押し込まれた肉棒を、ただ咥えているだけだった。泣きそうな顔を、真上から見おろしている勇吾に向けていた。

勇吾が腰を上げ、肉根を出した。そして、乱暴に彩子をひっくり返した。

「あう！」

逃げようとするのを引っ張り戻された。

「四つん這いになるんだ」

「いや！」

とたんに尻たぼに平手が飛んだ。パシッと派手な肉音がした。勇吾は貴成の前でも遠慮せずに、激しいスパンキングを浴びせた。

ものおじしない勇吾が頼もしい。仕置きを受ける彩子の悲鳴が獣の血を燃え上がらせる。貴成の肉茎がふたたび奮い立った。昇龍寺で勇吾が彩子に無上の愛を注いでいたことが目の前の光景でわかる。貴成の胸に彩子だけでなく、勇吾への熱い思いがこみ上げてきた。

あぐらをかいて、その上に彩子をうつぶせに乗せた勇吾は、背中を左手で押さえつけておき、右の指をうしろのすぼまりに押し当てた。

「ヒッ！」

抵抗していた彩子の総身が、ぴたりと停止した。

すぼんでいる紫苑色《しおんいろ》の菊のつぼみを、勇吾はゆっくりと揉みしだきはじめた。

「しないで……そこは……そこはいや」

掠れた彩子の声が震えている。

「アヌスをいじられると彩子はおとなしくなるようだな」

貴成の言葉に彩子は息苦しさを感じた。汗がこぼれた。

「勇吾、彩子はうしろでも感じそうだな」

「はい、ココをさわれば、すぐにマエも濡れてきます。貴成様のお楽しみにと、ココは指でから」


さわるだけにしておきました」

「いつか太いものを受け入れられるようになりそうか」

「たぶん。若奥様のココは指でさわっていただけで、ずいぶんやわらかくなってきていますから」

「よし、今晩から少しずつひろげていこう。マエの処女はもらうことができなかったが、うしろの処女はもらう権利があるからな。彩子、今晩からアヌスを開発していくからな」

「いやあ！」

恐ろしさにそそけだった。同時に蜜液が秘口からあふれ出した。

「貴成様、若奥様はもう濡れてきました」

「ふふ、彩子のイヤはシテなんだ。恥ずかしいことをされるのが好きな女なんだ。そのままうしろをさわってやってくれ。彩子の悶える姿を見物したい」

身をくねらせ、逃げようとしても、勇吾にがっしりと背中を押さえつけられていては身動きできない。

勇吾の指は菊皺を丸く揉みしだき、徐々に中心のすぼまりへと動いていった。

「んんん……いや……そこはいや……そこはだめ……はあっ」

排泄器官を触られているというのに、女芯が疼く。皮膚がざわざわと粟立っている。

「指は何本入るんだ」

貴成が尋ねた。

「貴成様のために一本だけにしておきました。ココをさわるといい声を出されますから、あとは貴成様にお楽しみいただきたいと」

「彩子、指が三本入るようになれば、太いものも咥えられる。これから、僕や勇吾のものを受け入れられるように、じっくりとひろげていくからな」

イヤと言おうとしたとき、勇吾の中指がすぼまりの中心に沈んでいった。

「くうっ……」

「ココに入れられるときは息を吐くようにと、何度も言ったはずです」

菊口は指を食いちぎるほどかたく締めつけてくる。勇吾はゆっくりと指を出し入れした。

「んんんっ……」

彩子の喘ぎがひろがった。

「若奥様はうしろをさわられるとこうして恥ずかしがられます。そして、それだけ感じていらっしゃいます。褒美も仕置きもココがいちばんかと思います」

貴成に対する勇吾の説明を耳にしながら、狂おしい羞恥と快感に、彩子は身も心も溶けてしまいそうな気がした。

終章

男は夜になって到着した。

男の控えている部屋を、彩子は緊張して訪ねた。

「彩子か。おいで」

襖を開けると、六十半ばに見える藍色の着物を着た男が床に入っている。雑誌かテレビで見たことがあるようにも感じるし、まったくはじめての顔のような気もする。

艶々として顔色がよく、実業家タイプの温厚な紳士だ。体格もいい。

「恐いのか」

襖を開けたまま入ろうとせず正座している彩子に、男が苦笑しながら尋ねた。

彩子は慌てて閨に入った。

「おう、聞いていたとおりのなかなかかわいい女だ」

すぐに男は彩子を引き寄せた。

彩子の心臓がトクトクと音をたてた。

「ここの生活はどうだ。もう四カ月たったな。逃げようとしたのも聞いているぞ。何もかも聞いている。どこをさわればどう感じるかも」

彩子は白い喉を鳴らしてうつむいた。

「私が誰かわかっているな?」

「主様《あるじさま》……この村とは切っても切れないお方と聞いています」

「そうだ。だから、彩子とも切っても切れない仲になる。まずはそのかわいい口で私のものに奉仕してもらおうか。いや、その前に裸になってごらん。せっかくの着物を脱がせるのはもったいないが、また明日着てもらえばいい」

主様との祝いの契りのためにと、彩子は黒地に折り鶴の模様の入った訪問着を着せられていた。

帯を解き、着物を脱ぐと、あとは男が手慣れたしぐさで長襦袢や湯文字を落としていった。

「おう、きれいだ。子供のような顔をしていながら、躰は立派に女のものだ。まだ琴絵のように熟してはいないが、これからが楽しみだ」

男も着物を脱いで裸になった。

「さあ、私のものを口で愛してもらおうか」

あぐらをかいた男の股間には、歳に似合わぬほど立派に勃起している肉茎があった。

喉を鳴らした彩子は三つ指ついて頭を下げた。

「主様、ご奉仕させていただきます」

そう言うと、男の前にいざり寄り、肉根を握った。掌のなかで堅いものがヒクリと反応した。

テラテラと光っている亀頭に軽く口づけた彩子は、桜の花びらのように可憐な唇に、それを咥え込んでいった。そして、側面を舌で舐めまわしながら顔を前後に動かした。皺袋を揉みしだくことも忘れなかった。

「上手だ。彩子の口のなかで溶けてしまいそうだ。今夜はどんなふうに彩子を愛してやろうかと考えていたんだが、うしろはまだ処女のようだな。貴成のためにうしろを犯せないのが残念だ。この次に来るときはうしろでもできるようにしておくんだぞ。うしろの処女は貴成のためにとっておいてやりたいから、今夜はうしろは指だけで我慢しておこう」

男の言葉に躰の芯が疼いた。

貴成と勇吾はわざとゆっくりとすぼまりを拡張している。貴成が週末に戻ってきたときだけしか拡張しないため、せっかくやわらかくなった菊のつぼみも、また少し堅くなる。毎日つづけていればとうに男のものを受け入れられるようになっているはずだが、彩子の羞恥の顔や喘ぎを楽しむために、執拗に一本か二本の指でいたぶりつづけているのだ。

（主様にも恥ずかしいことをされるのね……ああ、どんなふうに……）

こうしてちがう男に辱められることで昂ぶる自分に、彩子は過去を考えると不思議でならなかった。

女子だけの錦ヶ淵女学園から大学を経て、処女のまま貴成と結婚した。そして、貴成にではなく義父の基一郎に躰をひらかれた。蜜の日々が終わり、貴成がいない祭領地家で過ごすことに耐えられず、逃げようとして捕らえられ、剃毛され、昇龍寺で勇吾と八助に朝から晩まで恥ずかしいことを教え込まれた。

今はこうして、基一郎ではない、もうひとりの主様と呼ばれる男の肉棒を口や手で奉仕している。

満ち足りている。何もかもを素直に受け入れられる。愛されていることの幸せを総身に感じながら生きている。こうしてほかの男を愛するたびに、かえって貴成への愛が深くなる。ほかの男に愛されるたびに、貴成も前以上に愛を注いでくれるのがわかる。

「いい気持ちだ。私は女をくくるのが好きなんだ。彩子が恥ずかしがるようなくくり方をしたい。くくってからつづきはしてもらおう」

彩子を離した男は、赤い縄を出してしごいた。

くくられれば思いのままにされるしかない。彩子は縄が恐かった。同時に、思いのままにされたいとも思った。

「手を背中にまわしてごらん」

男は驚くほど手慣れたしぐさで彩子をくくっていった。

まず、うしろ手にくくると、余っている縄尻を前にやり、乳房の上にまわし、次のひと巻は下にまわった。

そんなふうにくくられたことのなかった彩子は乳房が赤い縄によって上下から絞り上げられたことで羞恥を感じた。自然に乳首がしこり立ってきた。

彩子はそれで終わりかと思った。だが、胸から垂れている残りの縄の途中に縄の玉をふたつ作った男は、それを股間へ、さらにうしろへとまわした。

「あ……」

彩子の総身が屈辱に火照った。

「いや……」

「まだ股間縄をされたことはないか」

ニヤリとした男は、背中の縄に縄尻をくくりつけてしまった。

なぜ男が縄の玉を作っているのかわからず、目の前での行為を黙って眺めていたが、それは彩子の秘口とうしろのすぼまりにちょうどはまるようになっていたのだ。

縄がうしろにくくりつけられてしまったことで、恥ずかしい縄の玉は彩子の秘口と菊のつぼみにはまったまま動かなくなった。

「いやっ」

汗をこぼし、真っ赤になりながら、彩子は総身でイヤイヤをした。だが、躰を動かせば縄の玉がより深く食い込んでしまう。

「恥ずかしいか。しばらくそのままでいてもらうぞ。さあ、さっきのつづきをしてもらおうか」

「いや。解いて。いやいや」

「恥ずかしいことが好きだろう？」

男は股間縄をクイと引いた。

「あう」

縄玉が秘芯に食い込んだ。

「痛い……解いてください……お願い」

「痛い？　疼くんじゃないのか？　前もうしろもよく感じるらしいからな。さあ、さっきのつづきをするんだ」

彩子を力ずくで座らせた男は、あぐらをかいた。

立っていたときより縄の玉が深く食い込んでくる。彩子は声を上げた。花びらを割って食い込んでいるそれは、もっとも感じる小さな肉の実を容赦なく刺激する。うしろのすぼまりに当たっている玉も、クイクイと食い込んだ。

「はあぁっ……いや……いや」

口で肉茎を愛撫する余裕はなかった。じっとしているだけで感じやすい肉の豆や花びら、秘口、菊のつぼみを責めたてられている。疼く。そして、熱い。

「ふふ、縄の玉がもうぐっしょり濡れているようだな」

男は絞り上げた乳房をつかんだ。そして、コリコリしている乳首をつまみあげた。

「ヒッ！」

抵抗できないだけに、乳首も恐ろしいほどに感じた。皮膚がそそけだった。

「はじめての股間縄の感じはどうだ」

「ああ、解いて……」

「貴成を呼ぶか。恥ずかしいことをされて感じている彩子を見たら、貴成も悦ぶだろう」

「いや。だめ。呼ばないで。ああう……」

少しでも動けば縄の玉が前とうしろを責めたてる。じっとしていても法悦を極めてしまいそうだ。

「呼ばないでと言われると呼びたくなる」

男は廊下で控えていた男に声をかけ、貴成を呼びにやった。

「いやいやいや。だめ。いや」

股間とアヌスに縄の玉が食い込むのに声を上げながら、彩子は屏風のうしろにいざっていって隠れた。

そんな彩子を愛しいと思いながら、男は貴成を待った。

「入ってもよろしいですか」

「おお、待っていた。入ってくれ」

貴成は彩子がいないのを知り、閨を見まわした。

彩子は汗を噴きこぼしながら息をひそめていた。

「彩子は……?」

「びっしょり濡れているのを恥ずかしがって、そこに隠れている。屏風をどけてくれないか」

男は笑いながら顎をしゃくった。

貴成もニヤリとして屏風をどけた。

「いやいやいや」

赤い縄で彩られた彩子は、丸くなって首を振り立てた。

「縄玉がお気に入りだ。乳首までコリコリになっている。見ろ、真っ赤になって喘いでいるだろう？」

冷静なふたりに、彩子はいっそう羞恥を感じた。泣きそうな顔をした。だが、縄は急所を責めつづけている。

「貴成、彩子はかわいい女だ。おまえは幸せ者だな。連れて帰りたいほどだ。まだまだ長生きしたい。きっと彩子の蜜を飲めば長生きできるだろう。その前に、彩子に私のものを飲んでもらいたいんだが」

「彩子、何をすればいいかわかるだろう？」

「いやいや。解いて、解いてください」

彩子は身悶えしながら哀願した。

「かわいいお願いだな。だが、そう簡単には解けない。尺八のつづきをしてもらおう」

動かない彩子を、貴成が男の前に引っ張っていった。そして、上体を押さえつけ、肉茎を口に含ませた。

彩子は首を振ろうとした。貴成と交代して頭をつかんだ男が、自分で彩子の頭を動かした。

彩子のうしろに座った貴成は、股間縄を軽く引いてもてあそんだ。

「くっ」

彩子がくぐもった声を上げた。

尻を持ち上げると、股間に食い込んだ縄は銀色に光る蜜液でぐっしょりと濡れている。

「どうだ、貴成」

「小水を洩らしたように濡れています」

「だろうな」

男が満足そうに笑った。

(ああ、恥ずかしい……こんなことをするなんて……主様だけでなく、貴成さんまでいっしょになって、私をこんなに辱めるなんて……)

屈辱と縄による快感に汗を噴きこぼしながら、彩子はまだ知らない辱めが山ほどあるのだろうと考えた。

(これからいったい何をされるの……うしろを犯されることが最後の辱めだと思ったのに……)

辱められることの妖しく切ない悦び。彩子はふたりの男に挟まれて声を上げながら、この世に自分ほど幸せな女はいないと思った。

縄玉が恥ずかしいところを責めたてている。もうすぐ、とてつもなく大きな悦びの波が押し寄せてくる。

微妙な彩子の変化を察知した男が、肉茎を嚙まれないように、そのまぎわに彩子を引き離した。

「くううっ！」

うしろ手にくくられた彩子の背中が反り返った。顎を突き出し、口をあけた彩子が、眉間に皺を寄せて法悦を迎えて打ち震えた。

その痙攣に合わせるように、ふたつの縄玉がクイクイと秘口と肉芽、菊のつぼみを刺激した。

「あああああっ！」

敏感になっている総身が、次々と法悦を誘った。悦びの炎《ほむら》につつまれている彩子の姿は、村を救った静香菩薩と重なっていた。

この作品は一九九七年八月富士出版より刊行されたものです。

GENTOSHA OUTLAW BUNKO

新妻《にいづま》

藍川京《あいかわきょう》

平成12年12月25日　初版発行
平成22年10月30日　14版発行

発行人——石原正康
編集人——菊地朱雅子
発行所——株式会社幻冬舎
〒151-0051東京都渋谷区千駄ヶ谷4-9-7
電話　03(5411)6222(営業)
03(5411)6211(編集)
振替00120-8-767643
印刷・製本——中央精版印刷株式会社
装丁者——高橋雅之

幻冬舎アウトロー文庫

ISBN4-344-40049-6　C0193　O-39-3